幸福録

ないものを数えず、あるものを数えて生きていく

曽野綾子

祥伝社黄金文庫

まえがき

私は今年か来年（数えようによって違うのだが）でプロの作家となって五十年になった（二〇〇三年本書執筆当時）。

私は書くことがほんとうに好きだったからこれは私にとって、第一に幸せなことであった。戦後六十年近くも続いた平和のおかげで、私は飢《う》えや内乱を体験することもなかったし、医療機関の不備で死ぬこともなかった。自殺は……子供の時に親の道連れになりかけたので、もうあえてやろうとは思わない。何より私は肉体的には健康だった。精神はたぶん健全とは言えないと思うけれど、それが私なのだ、と居《い》直《なお》っている。

私は自分が生きたのではなく、社会に生かされて来た。日本に生まれたというだけで、私は幸福になった。ばかな奴だ、と思う人もいるだろうが、そう思えることは私の一つの才能だ。

私は体験としても、知識としても、悲しみに触《ふ》れ続けて来たので、今ある状況を当然と思えなくなっている。すべてまれに見る幸運、ありうべからざる幸せ、と感じる甘ちゃんになったのである。

幸福を感じるのは、不幸を感じるのと同じくらい感性の問題だ。そして私の体験では、深く幸福を感じる人はまた、強く悲しみも感じる。一見反対に見えるその感情の滋味《じみ》は、どこかで繋《つな》がっているようである。

印象派の絵描きが、暗い陰影なしに光を描くことはできないのと同じに、幸福もまた不幸の認識なしには到達しえないものである。幸福を、金銭的裕福、健康、家庭の安泰、出世、人間関係のよさ、などからだけ到達しようと思ったら、おそらく失敗に終わる。

不幸や挫折《ざせつ》が、幸福への必須条件だということを納得した上で、人はそれぞれに幸福を手に入れる道を探す旅に出ればいい。道は何本もついている。その人専用の小道さえある。だからこそ道探しは、誰にでも必ずできるのである。

曽野　綾子

目次

1

「ないもの」を数えず、「あるもの」を喜ぶ生きかた

自分の置かれた境遇に満足できる理由

その頃私はかなり忙しい作家生活を続けていた。この海辺のうちへはよく来たが、庭をいじる心や時間の余裕などは全《まった》くなかった。

しかし運命は私におもしろい準備をしてくれた。五十歳直前になって、私は眼が見えなくなりかけたのである。私は生まれつきの強度の近視だったが、まるで「弱り目にたたり目」のように眼病が続いて起き、読むことも書くことも不可能になって来たのである。

手術をして完全によくなる。あまりぱっとしないが、少しはいい状態に戻る。手術後もっと決定的に悪くなる。この三つの未来が私を待っていた。私はその不安な未来の予感の中間地点を漂《ただよ》っていた。

執筆を止《や》めると、私はすることがなかった。家事は嫌いではない。料理は好きな方であった。しかし長年、男と同じように働いていた私に代わって、うちには奥さんの役目をしてくれる人もいたので、私は彼女の仕事を取り上げることもできないのであった。

私は、講演だけは少し続けていたが、眼が悪くなったからと言って、急に「講演屋」になるようなことはしたくなかった。私は原稿書きに使っていた心と時間を、海辺の家で、木を植え、野菜の種を蒔《ま》き、花を育てることに向けるようにしたのである。とは言っても、文字通り手さぐり園芸である。草取りでも細かい草は視力がないから取ることができない。サヤインゲンやトマトに竹を立てて紐《ひも》を結んだり、肥料を運んだり、抜いた苗を棄《す》てに行くような雑仕事だけしか私にはできなかった。作家というものはペンより重いものは持ったことがないなどというのは全くの偏見で、あらゆるプロの仕事は、体力がなくては勤《つと》まらないものだろう、と思う。私は体を動かすことにかけては、むしろ自信があった。

「緑の指」

この人はマリアさんと言い、六十七歳で、病気が出たのは六歳の時であった。父も病気だった。三人姉妹のうちの妹の一人も病気だったらしく、「山に棄《す》てられて死んだ」と彼女は言った。彼女もまたカヌーに乗せられてここに来て、そして二度と家族に会っていなかった。

しかし彼女は、自分を不幸だと思ったことがない、と語った。

毎朝眼を覚ますと、彼女はまず生きていることを神に感謝する。それから他の人たちと違って自分の眼が見えること、ものを考えられること、を幸福に思う。それほど、ここにいる女性たちは、体に欠陥の残った人がほとんどなのだろう。しかも長年、社会の「お恵みを受けて暮らす」隠遁《いんとん》生活の中では、精神までまっとうさを失ってしぼんでしまい、もはや利己主義でしかものを考えられなくなっている人が多いのかもしれない。

「ものを考えられること」を彼女は「インテリジェンスを持っている」と表現した、と通訳の人は言った。

「最高に笑える人生」

彼は壕内で風邪《かぜ》をひき、まだふらふらしていたが、脱出の直前、生徒たちが炊事場へ行って貰《もら》って来てくれた鰹節《かつおぶし》や缶詰だけは大切に身につけていた。それにしても生徒たちのこの生命力の強さはどうだろう。彼女たちはほとんどどんな時にも絶望するということなく、いつも運命をどこからか「工面《くめん》」して切り抜けて行く。岸本《きしもと》は教えられる思いだった。

「生贄の島」

私の実母が八十三歳で亡くなったのは、六畳一間の小さな離れだった。他に半畳分のキチネットと風呂場がついていた。家具としては箪笥《たんす》が一棹《さお》と茶箪笥のような雑物《ぞうもつ》入れがあった。この離れを私はよく「六畳一間の大邸宅」と言っていたが、亡くなった時も、彼女の所持品一切は、つまりそこに収まるだけだった。

人が死んだ時、遺族が困るのは、雑多な遺品をいかに始末するか、だと言う。

私の母は、私が時々書いているように、円満な性格の人とは言い難《がた》かった。料理もお裁縫《さいほう》も上手だったが、性格的には癖の強い人で、私の性格の悪さは多分にこの人から受け継《つ》いだ遺伝子のせいだ、と言うことにしている。

しかし母の行動で一番みごとだったのは、死ぬ時にこれほどにものを持っていなかった、ということであった。もっとも母もすんなりと身辺整理を果たしたわけではない。六十歳を過ぎて父と離婚する時には、まだけっこう物質的なものに執着《しゅうちゃく》していて、あの飾り棚は私が結婚する時に持って来たものだ、とか、あの大皿は母方の誰それがくれたものだ、とか言い張ることがあった。

その時、私は母を「脅迫」した。人間は自分がしたいこと（この場合は父と離婚すること）のためには、必ず代価を払わなければならない。ただで何かいい結果を期待しようと思うのは汚い。だから離婚という自由を勝ち得て、一人娘の私といっしょに住もうと思うのなら、一切のものを父の元に棄てて来ること、というのが私の条件であった。

「最高に笑える人生」

「何だかここにいると息ができないような気がするのよ。私、ここで育ったけど、お母さんもここの人じゃないでしょう。私だって生まれたのは多分、東京よね。何だか、そんなことって、気持ちに影響あるような気がするんだ」

「お母さんの責任でもあるけど、時々、今、光子《みつこ》が言ったことが、光子の生き方の逃げ道になってるような気がすることあるよ」

お母さんは穏《おだ》やかな口調だったが、ほんとうはこういう言い方をする時が一番恐《おそ》ろしいのだった。

「何か具合の悪いことがあると、すぐ、自分はこの土地の人じゃないから、と思う癖ね。それをやってる限り、問題を真正面から受け止めないからね」

「極北の光」

以前チリの地方都市の貧民街で働く日本人とアメリカ人の修道女たちを訪《たず》ねたことがある。チリは南米でも有数の情緒ある国だが、貧困は底辺の部分ではなかなか根本的に解決されていない。貧しい村では住民の多くは失業者で、安酒をあおり、アルコール依存症になっていた。

そこで働くシスターたちも、もう中年以上か初老になりかけていた。長い年月、繁栄のアメリカ合衆国を捨てて、チリに生涯を捧《ささ》げたアメリカ人のシスターといっしょに、一人癌《がん》を病んで、生きる日々も長くないだろう、と言われている女性の家を私は訪ねたりした。

病人は村の中では、比較的裕福な人だったが、息子が親を捨てて出たまま寄りつかなかった。せめて生あるうちに息子が帰って来てくれたら、この人の生涯はたちどころに幸福に包まれるのに、と思いながら、私たちは村の道を帰って来た。

「私が初めてここへ来た時、こういう土地で働けるかしら、と不安だったのよ」

とシスターは言った。

「でもこの貧しい村で、当時でも何軒かバラを植えている家を見つけたの。それを見た時、大丈夫、私はここで働ける、と思ったの」

「すべて存在するものはよいものである」

これは完璧な幸福の秘訣《ひけつ》です。今の日本では、「喜べ」などということを言う人はいません。それどころか、社会にどのような不満と不正義があるかとあげつらうことばかりに熱心です。昨日の新聞もそうでしたし、今日の新聞もそうでした。明日の新聞もたぶんそうでしょう。しかし喜びなさい、とパウロは言います。

「現代に生きる聖書」

ちょっと申し訳ない比喩《ひゆ》になりますが、ノーベル賞を受賞した科学者の脳をお盆の上に取り出して、これがノーベル賞のもとであると言っても、私たちには何も伝わりません。その学者が、考えを言葉に表したり、手で図を書いたり、あるいは遠いところから足を使って歩いてきて私たちに講義をする。そうして初めて、私たちはその人が達成した学問の成果について知ることができるわけです。そのように体というものはどんな部分も、みなそれぞれの任務を与えられている。だから、いらない部分は一つもない。同様にいらない人はこの世に一人もいない。いらない機能は一つもない。「すべて存在するものはよいものである」というトマス・アクィナス（一二二五頃〜七四年）の思想は、まさにこのことを言っているのです。

「現代に生きる聖書」

僕は船が揺れているのをこの頃ひどくありがたい、と思っている。揺れは生命の兆《きざ》し、時間の経過の証《あかし》です。もしこれがなかったら、この部屋はまさに独房だ。

僕はもう部屋のすみずみまで覚えてしまった。壁のわずかなしみや、天井の建材のちょっとしたずれや、カーテンの幾何学的な模様まで……。それらはもし静止していれば、およそ生の気配もないものですが、船が揺れているおかげで、部屋の中に緑がなくても、生きて変化していく生活が続いていることがわかる。カーテンも揺れる。天井のしみを眺《なが》める角度も、僅《わず》かですが変わる。

あなたが入院しているとすれば、僕と同じように囚人の思いに捕《と》らわれているかもしれないけれど、多分病院の窓からなら、木の緑も見えるでしょう。花を贈ってくれる人もいるかもしれません。お互いに四人よりもはるかにましな暮しをしていることになるのです。そう思ってください。

「陸影を見ず」

人に期待しなければ楽になる

人は皆、自分の分際《ぶんざい》で生きます。それ以上にも、それ以下にもなれません。

「現代に生きる聖書」

結婚して何年か経《た》った時——と言っても古い昔のことだが——夫は「ボク、自分が一番有能だと思ってるの。他の人は全部僕より無能だから、期待してない」と嬉《うれ》しそうな顔で言った。つまり私が無知だったり、ドジだったりしても、別にショックを受けることはない、という宣言である。

こういうことを配偶者に言われると、ひどく傷つく人もいるらしいけれど、私は「しめしめ」と思う性格だった。むしろ相手が私に大きな期待をし、それを私が叶《かな》えられないと叱《しか》られるような生活だけはしたくないから、ばかにされている方がどんなに気楽かしれなかったのである。

こういう言葉を聞くと、女性に対する侮辱《ぶじよく》だと感じ、「よくそんな失礼な言い方を聞き流しているわね」と怒る人の方が現代では多い、ということもよく知っている。しかしそれぞれの家庭には多分に「それなりに歪《ゆが》んだ」解決方法があるのだから、それを許してもらう他はないのである。

「生きるための闘い」

眠れないほど、頑張るのは醜悪だ、というのが私の結論であった。完全なことをしようなどと、どこかで思っているから、眠れなくなるのである。自覚としては、私は決して思い上がっているつもりはなかった。若い時から、小説ほど、現世でなくていいものはないということを認識している。さらに私一人が書こうと書かなかろうと、そんなことは、大勢どころか小勢にさえ全く影響はないことも肝《きも》に銘《めい》じていた。

当時、私には発狂恐怖のようなものもあったのだが、そんな体験さえ結果的にはむだではなかったようである。最低の状況から抜け出したのは、私が『無名碑』という、旧約聖書のヨブ記をテーマにした、土木小説を書き始めたころからだが、主人公の一人の女性は、夫と共に赴任したタイのアジア・ハイウェイの現場で発狂する。その部分が、実によく書けていたので、看護婦にも参考に読ませました、と一人の精神科のドクターが言ってくださったが、確かにその部分は体験があったから楽に書けたのである。

（中略）

しかし社会は、現実の私とは全く違う虚像を作っていた。私はお金に不自由しない家に生まれ、お嬢さん学校を卒業し、幸運に社会へ出て苦労の陰もない人間と思われていた。私の作品を褒《ほ》めなければならない時には、いつも「明るく知的な」という表現がついて回った。

文学の世界では、この言葉にはいささかの悪意が込められていることを誰でも知っている。「明るく」ということは世間を知らない、ということと同義語である。「知的な」というのは、その否定的な意味を少し中和するための言葉である。つまりああいう作家にほんとうの文学など書けるわけがない、ということを「明るく知的な」と優しく言ってくれたのである。
しかし私はそういうことにほとんど気がつかないふりをすることにした。「陰気で無知な」と言われるより世間通りがいい、ということにしよう、と私は考えたのである。世間が一人の人間を理解しないことは、ほとんど驚くばかりだから、私はむしろあからさまな悪口を言われないだけ幸せだったのである。

「悲しくて明るい場所」

平凡な毎日に輝く楽しみを見つける方法

「（前略）うちは息子がまだ子供の頃、鯉幟《こいのぼり》買ってあげようか、って言ったことあるんです。普通は黙《だま》ってても親が買うものなんだそうですけど、うちはそういうことしないのよ。子供がほんとうに欲しい、と言ったら、恩に着せて買ってやることにしてますのでね。

そしたら、うちの息子は鯉幟なんかいらない、って言うんですよ。ほんとのこと言うと、私が鯉幟、大好きなの。だから自分が立てたいと思ってたのに、息子にいらない、って拒否されたでしょ。少しむくれて、『どうして？』って聞きましたらね、『僕んちからは、田中さんの鯉幟の方がよく見えるからあれでいいよ』ですって。それでついに買わなかったのよ。

ほんとうにそうなのよ。当時、道を隔《へだ》てた反対側に田中さんてお宅があってね。毎年素晴らしい鯉幟をお立てになったの。それが一番よく見えるのが、ちょうどうちなんですよ。

それで、川向こうのあちらさんのことですけど、遠目にも、いい日本風のお庭でしょう。連翹《れんぎょう》、木蓮《もくれん》、泰山木《たいさんぼく》、紫陽花《あじさい》、桔梗《ききょう》、萩《はぎ》、紅葉《もみじ》、みんなうっとりするほどきれいですよ。うちは時々、舞台面見てるようなの」

「飼猫ボタ子の生活と意見」

平凡で無事なことは何よりも輝いて見える安心の種であった。

「陸影を見ず」

今年のお正月は、家族でシンガポールのマンションで過ごすことにした。日本を出る時、農家の方から頂いた規格外れの大根を一本荷物に忍ばせた。末端の部分が、二股《ふたまた》に分かれてしまっている。でもいい大根なのだ。

シンガポールにも大根は売っているのだが、高くておいしくない。鰊《にしん》やうすあげは持って行かなかった。シンガポールのうすあげはスポンジみたいでひどいものだ。文句を言っているうちに、帰る日が近づき、冷蔵庫の中では大根が一人寂しく取り残された。

何とかして食べて帰りたいのだが、昆布《こんぶ》だけでは少し悲しいと思っていたら、ベーコンが数枚残っているのに気がついた。

大根をベーコンで煮たことはないのだが、これで残りものをきれいに片付けられると思うと満足する。もったいないのだが脂身《あぶらみ》のところだけ捨てて、肉の部分だけ使ったら、意外とさっぱりと透明に仕上がった。あるだけの材料を使って、少しも捨てずに、最後までおいしく食べ切ることが私の趣味みたいになっている。大根畑の傷大根をすべて食べ切ることはできないのだけれど、どんなコンビで煮たら、大根は喜んでくれるか、とまだ性懲《しょうこ》りもなく考えている。

「緑の指」


「伯父さんは、人が一人ひとり違うこともよくわかってなかったと思うよ。学問はわかってたけど、人はてんでわからなかった」

「大変だね。人がわからないと」

「菊とバラの違いがわからないなんてもんじゃないやね。もっとひどいこった」

父親は同意した。

通りがかりの老女は、幸次《こうじ》の言葉の最後の部分だけ耳に留《と》めたようだった。

「ほんとだ、芹《せり》ともちぐさもわからない人がこの頃増えたんだよ。あんたたちなんかほんとに珍しい方だよ」

「喪服で摘《つ》み草するからか？」

幸次は笑った。笑いながら、胸の一部が締《し》めつけられるように感じたのは、兄の魂《たましい》が今どこにいるんだろう、と思ったからだった。自分は家族と芹を摘むだけで、こんなに楽しくなれるのに……どんなものを与えられても幸福になれなかった兄の魂の重さはどんなだったのだろう。

「アレキサンドリア」

「門を入ってからあの大聖堂の陰にある洞窟《どうくつ》、その奥にある沐浴《もくよく》場まで、この境内《けいだい》

には、全く段差というものがないんです」

河合《かわい》は言った。

「段差？」

「ええ、車椅子がどこにでもいるから、階段があったら、もう付添《つきそ》いが大変なんで

す。だからここには、階段というものがないんです。どこまで行っても、一続きの

土地なんです。だから、眼が見えなくても安心して歩ける。盲人だって、ほんとう

は一人で歩きたいんですよ。穂積《ほづみ》さんを放してあげても大丈夫ですよ。ここには躓《つまず》くものなんて全くないんだから」

「穂積さん。河合さんが、ここでは一人で歩きなさいって」

「だけど、そんなことしたら方角がわからなくなってしまうな」

穂積は不安を覚えているらしかった。

「こつを教えてあげましょうか。ずっと話しながら歩くんです。声が同じ大きさに聞こえていれば、二人は並んで歩いてる証拠でしょう。声が小さくなったら、離れて来たな、と思えばいい」

亜季子《あきこ》は黙ってついて歩きながら、感情の波が胸を揺さぶるのを感じていた。一続きの土地、というのはすばらしい言葉だった。一続きの土地にしさえすれば、誰もが、楽に歩けるのだった。老人も、盲人も、足の動きにくい人も、遅くではあっても、一人で、目的に向かって歩ける。

そして目標を見失わないためには、常に語りながら歩け、と河合は言った。それもまたすばらしい概念だった。語り合わずに進むから、人は自分がどこへ向かおうとしているかわからなくなるのだ。


「燃えさかる薪」

人間にとってもっとも「美しい資質」とは

サルヴァトーレは「ほんの平凡なイタリアの漁夫であって、人間の持つことのできる性質のうちで、もっとも珍しく、もっとも貴重で、かつもっとも美しい一つの性質を除《のぞ》いたならば、何一つとしてこの世で持ち合わせていない」男だった。その一つの特性というのは「善良さ——ただの善良さである」とモームは書いている。

「それぞれの山頂物語」

私はいつも仕事第一で、花のことなど、第二、第三になる。よく、花のことを一番に心にかけているような優しい人に出会うと、私は自分が花好きだなどととうてい言えない、と思う。しかし、私の過去の歴史と、目下の暮しの実情では、私は一番に花のことなど心にかけてはいられないのである。

よく世間には舅《しゅうと》姑《しゅうとめ》に充分に尽《つ》くしたあげく、「私は自分の人生半分犠牲にして、舅姑の面倒みたの」などと言っている人がいる。私は決してそんなことを言えない。私は舅姑にも、私の実母にも、夫にも子供にも、猫にも花にも、そして時には小説（というかその読者）にさえ「どうもすみません。万事いいかげんでして」と謝るような暮しをして来た。

立派すぎるほど尽くした人は、どうも世話した相手を少し怨《うら》んでいるような気配を感じる時がある。しかし私はそうではない。いつも、申しわけありません、と謝る側だから、自然に相手に好意を残している。もっとも植物だけは、ほっておかれても決して相手を怨まない。植物の寛大さは、外《ほか》に類《るい》を見ない。

「緑の指」

職場の人間関係を難しくしているのは、勝気で、人と競争することだ、と光子《みつこ》は早くから悟《さと》ってしまっていた。いつも人を風上に立てて頭が足りないのではないかと思わせておけば、面倒なことの七割は防げる。

光子は何でも屋、半端《はんぱ》人員、走り使い、ピンチヒッターと言われる仕事を何でもやった。表の仕事は体裁《ていさい》よくてチップも貰える。礼儀も心得、客の中には指名して来る人さえもいる。そうなると、当然チップ収入も増える。そういう論理で、ここでは明らかに、職種の上での差別があって表が上であった。
裏方はすべてその反対であった。労働はきつく、汚れ仕事が多くて、しかも外の空気と触《ふ》れられない。重いものを運ぶので、腰痛や神経痛を起こす人も多い。
しかし光子はまだ若かった。いつのまにか三十三歳になっていたが、四十代、五十代で働いている人たちと比べれば若いものである。重い物を運んでも何とか腰も切れ、後が辛《つら》いということもない。

「極北の光」

自殺を決意し、それを実行するのも大変なことだが、一人生き残って生きていくこともそれと同じくらい恐ろしいことだ。そして私の廻《まわ》りには、その苛酷《かこく》な運命に黙々と耐え、私と会う時には笑顔さえ浮かべてその恐ろしいことを何気なく語ろうとする立派な男たちがたくさんいる。（中略）

人間の生き方は、できるだけ目立たない方がいい。人類が発生してからどれだけ経つのか私には考える気力も知識もないが、その間の夥《おびただ》しい死者たちが生きて力尽きたその方法は、大河のように自然なものであった。その偉大な凡庸《ぼんよう》さに従《したが》うことが、実は人間の尊厳でもある、としみじみ思うのだ。

「最高に笑える人生」

すべての組織と仕事は思い上がった瞬間から崩壊を始める。すべての仕事は、必ず自分が相手の足元にいるという位置関係を、体で自覚できる姿勢で続けることだ。作家で言えば、自分の言いたいことを、どうしたらまず相手にわかってもらえるか、という伝達の達成に対して、終生素朴《そぼく》な努力を続けることなのである。自分の小説は高級なのだから、わかりにくくても当然、という態度になった瞬間から、その作品には腐敗臭が立ち込める。

「生きるための闘い」

「シンパシイ」はギリシャ語の「シュンパセイア」という言葉から来ているという。「パセイア」は「パトス（堕落《だらく》した情欲）」から出ているが、「シュン」という言葉は、ギリシャ語の中でも私の好きな接頭語である。
それは「共に」という意味である。相手と同じ立場に立って同じ感情を持つことが「シュンパセイア」なのである。
もし人間の心に高慢さや、高度の自信や、相手を見下した思いがあったら、決して「シュンパセイア」を持つことはできない。同じ思いを持てる時、多分人は相手を信頼して心を開く。考えてみれば当たり前のことだ。

「至福の境地」

人間の仕事や外観や能力にはれっきとして差があるが、それは神の眼から見た差ではない、ということを知るのは新鮮な驚きというものです。明らかに神にとっては「大きな者」も「小さな者」も全く同じだということなのです。神はそれほどに「眼のある人」なのです。ただ「大きな者」には皆が何かをしたがるけれど、「小さな者」に何かをしてくれる人は少数だから、そっちにしてもらったら自分は嬉《うれ》しい、と神ははっきりと表明なさったのです。

私の母は昔、私が、偉い方の前でも萎縮《いしゅく》することなく伸び伸びと振《ふ》る舞《ま》うことができ、また一見世間的にあまり尊敬されないような境遇にいらっしゃる方に対しても礼儀を失わず、言葉さえもきちんとした敬語を使う人になってほしいから、聖心というカトリックの学校に入れた、と言っていました。母は特に学問もない普通の女でした。しかし母は聖書を学ぶ前から聖書がわかっていたのだと思います。こういう母を思い出す時、私はちょっと誇《ほこ》らしい気分になります。

「聖書の中の友情論」

東京の私の家では三坪か四坪くらいの畑で、ホウレンソウ、春菊、京菜、小松菜、チンゲンサイ、サニーレタスを冬中賄《まかな》っている。これらは、冬ならば虫もつかず、硬《かた》くもならず、素人《しろうと》でも扱《あつか》いが楽でしかも味がいいのである。

しかしこの青菜たちに関して私の友人が言った言葉は忘れがたい。

「ツノさんは、種の箱に零《こぼ》れた種を、何でもいいからいっしょに蒔《ま》いてしまうって言ってたけど、大したものね」

私は自分が褒められたのだと思って、謙虚な返答をすることにした。

「どうして?」

「だってそれだけごっちゃに生えても、春菊は春菊、チンゲンサイはチンゲンサイ、小松菜は小松菜になるんでしょう。私たちだったらつい、思想的に妥協して、小松菜でも、春菊みたいになるんじゃないかしら」

この観察はみごとである。植物はどんなに混植されても、決して己《おのれ》を失わない。人間よりはるかに卑怯《ひきょう》ではない。

「緑の指」

2

「不幸」を知るということ、「幸福」を知るということ

幸せを感じる能力は不幸の中で養《やしな》われる

ずっと昔、人間は一生に皆同じ量だけ幸福と不幸を与えられている、と子供の私に語った人がいた。それが誰だったか私は覚えていないのだが、それが当然と思ったから、その内容だけ覚えているのだろう。

しかし普通の見方で言うと、そんな公平は信じられなかった。或《あ》る人は椰子《やし》の葉で葺《ふ》いた小屋に住み、或る人は燦然《さんぜん》と輝く宮殿に住んで一生を終わる。普通の人間は誰でも宮殿の生活を羨《うらや》みそうになるが、宮殿の生活には、自由もない。しばしば愛も希薄になる。人間関係は権謀術数《けんぼうじゅっすう》にふりまわされる。物質的な豊かさと権力は、小屋の生活にはある自由や愛をほとんど与えないのである。

或る人は一生借金に悩み、或る人はとんとん拍子に金を儲《もう》けて財産を築《きず》く。貧乏をするか、金持ちになるか、は当人の責任の部分もあるが、戦争や病気や偶然など、運としか言いようのない部分がある。

しかし家族で質素な食事を分け合う幸福もあるし、すばらしい食事が用意されていても、家族が憎み合っていて冷え冷えとした無関心しかないとすれば、料理の味など悲しさでわからないだろう。

荒っぽい言い方だが、幸福を感じる能力は、不幸の中でしか養われない。苦労を知らないと、すべてがよくて当たり前で、少しも幸福感と結びつかない。

「生きるための闘い」

王は、幸福になれる条件をすべて持っていた人だった。（中略）王は何で息子たちを殺す理由があるのだ。王の異常さは、何でも知っている王が、たった一つ知らないのが絶望だということにあった。

「狂王ヘロデ」

畑を作っている海辺の家に時々人を招くことがあるが、その時、「まあまあ、あの人（私のこと）は料理がうまい」と言われるこつがある。

それは招いた人に夕食まで、ほとんど何も出さないことである。出すなら渋茶いっぱいというところだ。

その間に小さな畑に案内し、菜っ葉や蕗《ふき》の薹《とう》などを採《と》ってもらい、その場ですぐ料理にかかる。今ならミョウガや青紫蘇《じそ》の葉がいい時期だ。ミョウガは刻《きざ》んで水にさらし、おかかと醬油《しょうゆ》をかける。青紫蘇は胡瓜《きゅうり》と酢の物にする。いずれも手抜き料理の酒の肴《さかな》だが、人間というものは自分で採って来たものは、特別おいしいように思うものだから、その錯覚《さっかく》を利用するのである。

こちらが駄菓子一つ出さないので、お客はだんだんお腹が空《す》いて来る。ことに海辺に来ると転地の作用が働くのか、目がまうほどお腹が空いたという人もいる。

それでも夕方五時頃からは、そんなことに気が付かないふりをして、お風呂に入ってもらう。夕風の中で、一風呂いかがですか？　というわけだ。（中略）

それから私は、やっと食べ物を出すのだが、人手もないことだし、一品ずつ作る。正式のディナーだったら許されないことだが、ちょこちょことガス台の前に立って、お喋《しゃべ》りしながら、キンメの煮付け、サヤインゲンのいためもの、タコのサラダ、地鶏の塩焼き、中国風のステーキなど、すべてお客さまの顔を見ながら、作り立てを出す。

これが不味《まず》いわけはないのである。

食べることが苦痛だ、と言った病人のことを私は思い出す。私もいつかはそういう不思議な苦痛を感じて死ぬことになるのだろう。食べたくないというのは、もう生きていなくていいよ、という神さまからの解放の合図だと私は思うことにしている。しかし今は、普通に生活できて、その上お腹まで空いた時、おいしい食べ物まであるなんて、最高の幸福をもらっているのだと思う。

こういう幸福の条件を与えられていない人は、地球上のどこにでもいる。別にその人が悪いわけではないのだ。貧しい国家に生まれたからに過ぎない。人生は不公平そのものだ。


「それぞれの山頂物語」

あとになってしみじみと理解できる真意

私たちも、人に何か言われて腹が立ったけれども、あとになると腹が立ったということだけしか覚えていない、ということがよくあります。あるいは上役に叱《しか》られた部下が、あの人は叱ってばかりでいやなやつだということしか覚えていないことがあります。しかし、そのいやだと思っていた上役の言ったことが、ずっとあとになってしみじみ分かるということもあるのです。私にも、かつてはずいぶん反発したけれども、その人の真意が何十年かたって分かったということが何回かあり、それを私は大変幸福なことだと思っています。

「現代に生きる聖書」

人間が一生にできる仕事などたかが知れている。

しかしこの大地の上には、どれほどの人が、虚《むな》しく惨《みじ》めに死んでいることか。どこの家にも、まだ生まれて間もなく死んだ子がいる。彼らは光さえも見なかった。葡萄《ぶどう》の酒の芳醇《ほうじゅん》な味を知ることもなかった。知恵もばか騒ぎも見ずじまいだった。奴隷《どれい》として生まれ、まだ成長し終わる前にもう背中が曲がっていた子を私は知っている。その子は、ついに歯が揃《そろ》うことがなかった。生え揃う前に抜けていたのだ。

あの子供の短い一生を思う時、私は、自分が果たせた仕事の豊かさを思う。

「アレキサンドリア」

幸福か不幸かを決められるのは自分の感度だけ

だから人間は、どんな境遇になっても不幸なのだ、とも言える。食べていけなければ、人間の基本的な安心は失われるが、生活が豊かでも、他の不満が必ず起きる。

しかし同時に、どんな生活でも受け取り方次第では幸福なのだ。今晩食べるものが見つかったというだけで、貧しい家族は笑顔になれる。パン一個を買うお金を手にした日の幸せは、豪華な食卓につけるお金持ちなど、全く味わえないほどのものになる。明日のパンはなくても、とにかく今晩の食卓に食べるものがあるのは、偉大なことなのだ。

「至福の境地」

幸福の多寡《たか》は、個人の感度が決める。鈍感さによって不幸をさして辛いと思わない人は、一見得をしているようにも見えるが、幸福を感じ取る敏感さもないだろうし、幸福も不幸も拡大解釈できる人は、鋭敏過ぎて病気になることもあるだろう。三十代に不眠症をやった私は、それ以来、いい加減に生きることが大切、と思うようになった。自分がその程度の人間だ、と思うと自然に不眠症も治ったのである。

「生きるための闘い」

「僕の方が変わってしまったんだけど、母と喋っていると、ここがいい、ここの食べ物がうまい、っていう話だけだから、時々話題がなくなっちゃうんだよ。僕の住んでいた土地の話なんか、ほとんど興味がない。外国だけでなく、東京の食べ物も、よく知らないくせに、まずい、と思いこんでいるんだ。

母はよく、さっぱりしてておいしい、っていう言い方をするんだけど、刺し身は料理じゃないからね。あれは九五パーセントが素材のおいしさなんだ。料理というのは、世界中で『手をかけること』だろう。どうしてこの味を作るのかわからない、というような境地にまで材料を高める芸術だから、さっぱりするわけがない。そういうことを言ってもてんでわからないんだよ」

相良《さがら》の眼は笑っていた。

「しかし世界中の人が、自分の土地の食べ物が一番おいしい、と思ってるんじゃないの？」

「それをわかってくれれば、いいんだけどね。しかし、お袋は、中近東の人たちがそう思うのは錯覚か貧しいからで、自分がそう思うことは正しいと思ってる」

「それは一番幸福だね」

「アレキサンドリア」

幸福という言葉は、実務を伴《ともな》わない精神的な世界でなら、それなりの場を占《し》めることが可能だが、数字が結果となって現れる実務世界では、むしろ無責任で、うわついた、嘘くさいものを感じさせるのである。それはなぜかと言うと、幸福というものは安定性に欠け、しばしば主観的で、その当人以外に実利を生まないからだ、とも言える。

「安逸と危険の魅力」

「主観的」に見るということ、「客観的」に見るということ

どんなにしても、世の中は楽しくない所なのだから、道子《みちこ》も生れて来た以上、結婚して一人前に苦しんでみるべきだろう。道子にしてみれば生れたくて生れて来たのでもない、と思えば、夫人は自分のそうした判断が、甚《はなは》だひとりよがりで残酷だと思わずにいられなかったけれど、夫人はこの頃、人間がこの世で与えられる幸福と不幸の量は、全く誰も同じなのに違いない、という不思議な信念にとりつかれ

ていた。あの人は運がいい、この人は不運だ、と世の中の人は言うけれど、それは外側から見てそうなのにすぎないのであって、幸不幸は無論、主観の問題でしかない。どんなにはた目には不幸そうな状態にいたって、その人の感覚がもし幸いにも少し鈍《にぶ》ければ、立派に満足していることだって出来るのだし。だから、道子が結婚しようとしなかろうと、苦しみの量は、つまり同じなのかもしれない。只質《ただ》が違うだけだ。

「黎明」

「実は、家内が、肝臓癌だと言われました。急に体がだるくなって、お腹が太ってスカートが入らなくなったと言ったので、今さらウェストを気にする年でもないだろう、って笑っていたんですが、それが腹水《ふくすい》でした」

「手術はじゃあ……」

「もう無理だろうということでしたので……そんなに長くはないと思います。私も毎日、午後はずっと病院で過ごしておりますし……」

「なんて言っていいかわかりませんわ。気持ちを整理なさるのだって大変なことだわ」

「毎朝、ああ、悪い夢を見ていた、と思って眼を覚ますんです。でも、それが現実なところが悲しいですが……でも昨日やっと一つの答えに辿《たど》りつきました。家内の生涯は決して悪いものじゃなかった、と思いました」

「それはそうでしょう」

「私が仕事にかまけて、かなりほったらかしにして、息子は母子家庭で育ったなんて言っていますが、それでも、一生、まあ穏やかでした。極端な人の悪意を受けたこともない。それが一番すばらしいことだと思うんですが……それどころか、友達や親戚《しんせき》にもけっこう好かれてました。賑《にぎ》やかなたちで、料理がうまかったものですから。それを思ったらいい一生だったのだから、納得しなければならない、と思いました。あなたも時々お書きですが、この地球上には、ろくろく食べられないだけでなく、人間の尊厳みたいなものを、一度も味わったことなくて生涯を送る人もいるわけですから」

「そうです。動物と同じような暮らしをしている人、私、あちこちで見ました」

「それを思えば、ありがたい、と思えました。一人の人間に、一生ほどほどの生活をさせてやれた、ということは、私にとっても大事業で、それに成功した、と思っていいのかもしれない……」

「大成功でしょう」

「飼猫ボタ子の生活と意見」

神父さま、私はアフリカでもたくさんのエイズの子供を見て、その子供たちに共通したひとつの表情があるのに気がつきました。彼らは決して笑わないのです。それどころか、この世には何ひとついいことがなかったというように、顔を歪《ゆが》めて力なく泣きます。

子供たちは口で表現できませんが、この病気の末期の共通した症状に、ただただ、だるいということがあるのではないかと思えてなりません。

その子供も、実はもう摑《つか》まって立つのがやっとだったのでしょう。そのお母さんにとっても、現世は悪夢というより他はありません。夫にエイズをうつされ、捨てられ、今たった一人の子供さえ失おうとしているのです。そしてこのままでいけば、彼女も数年のうちには発症して死ぬでしょう。

神父さま、彼女はどうしてこんな惨《みじ》めな生涯を送らなければならないのでしょう。それを思えば、私たちの周囲のほとんどの人の生涯はもっともっと人間的に遇されていたと言うべきでしょう。感謝の他はありません。

それでも、世界的なひとつの観点からみれば、病気になっても、そうして乾《かわ》いた居場所や、清潔なトイレ、毎日の食事を与えられるということだけでも、夢のような幸せだと言えなくもありません。そうでない人々がアフリカなどには常にたくさんいるのですから。

私はこういう現実に直面した日だけ少し眠れなくなります。私たちがいかに自分の力や努力とは無関係に、不幸も幸福も与えられているかを考えるからです。

障害者の方たちとの旅行を始めてからも、この問題はずっと私たちの胸にありました。眼が見えなくなったり、立てなくなったりしてから、その人として完成したというケースは多いのですが、誰だって人格なんかできなくたっていいから、健康がいいと思うのが普通でしょう。

しかしその不幸の受け止め方も人によって全く違うのです。食うや食わずの人が病気をすると、もっと惨《みじ》めだという考え方と、食うや食わずだと、今日食物があるだけでも幸福になれ、病気の苦悩は薄らぐという考え方もあります。どちらもほんとうですね。

「湯布院の月」

その日は遂《つい》に現れなかったけれど、戸部新一郎《とべしんいちろう》が今度、葉子《ようこ》に連絡を取って来たらどうしようかと、天馬翔《てんましょう》は時々、片手間に考えていた。

片手間と言うのは、深刻に考えるほどのことではない、と感じていたからである。他人の運命なら深刻に考えた方がいいが、自分の運命だけは、自分がその結果を受ければいいことだから、気楽なものであった。もっとも、他人の運命だろうが自分の運命だろうが、ほんとうは深く考えても考えなくても、結果は同じかもしれなかった。

考えごとをするのは、主に風呂に薪《まき》をくべている時か、飼い犬のオジヤを運動に連れ出す時かであった。若い時から、大切なことほど、緊張して考えたりするとバランスを失ってしまうような気がしている。この世で、何が重大で、何が重大でないか、ということの平衡《へいこう》感覚をなくさないということは、簡単なようでいて意外とむずかしいのである。

「夢に殉ず（上）」

不運とのつきあいかた

しかし人間は、一生に必ず幸運にも不運にも見舞われるものなのだ。いや、もっと正確に言うと、一生不運ばかりだったという人さえ珍しくない。不運なしでやりたいと言っても、それは現世では不可能なことを、まともな大人は承認する。

もちろん、人間は誰でも不運には出会いたくないから、不運を避《さ》けて幸運に出くわしますようにと神仏に祈《いの》ったり、まじないをしたりする。しかし日本人のように不運は社会的に許されるべきではない、という考え方もまた珍しい。不運はいかなる政治体制、社会状況の中でも残る。

「それぞれの山頂物語」

一九三一年に生まれた私が、思いがけず二十一世紀まで生きるかもしれない、と言えるまでになった。

これは望外《ぼうがい》の幸運である。人は自分の力だけでは生きられない。自分が生かされている国家と社会の状況、それに家族の愛が必要だ。

深い感謝は別として、私は寿命に関してだけは、深く考えないことにしている。この世には自分で動かし難《がた》いことが多くて、私たちは自分の生を時の流れや運に任せる他はない。命の期限もその一つである。もちろん長寿を希望し、健康に留意もするが、希望や努力は結果と完全には結びつかない。初めから願いは叶《かな》って当然と思わないことに、私は自分を馴《な》らそうとして来た。

「哀しさ優しさ香しさ」

二〇〇〇年一月一日

わずかに持って来たお餅《もち》でお雑煮《ぞうに》を作り、昆布《こぶ》巻き、かずのこ、などを並べて型ばかりのお正月。

毎年、今年は何をしようという決心などしたことがないのは、決心しても続かないし、予測してもその通りになったことがないからだ。

ただ強《し》いて心に決めていることと言えば、私が暮らしている東京の家の毎日の生活を、できるだけ楽しくしようということ。最近、こういうことは大変大切なことだ、と思えて来た。人が生きる時間は決まっている。その時間が楽しいか、インメツメツかで、生きていることの意味が違う。私たちの生活は小さな幸福に支えられているわけだから、ほんのちょっと楽しくしたい。料理の手を抜かず（とは言ってもおかずは質素なものなのだけれど）、うちの中をよく片づけて、花に水をやろう。そしてできるだけ機嫌よく生きて、二十二歳の猫にも長生きをさせよう。白内障《はくないしょう》が出ているのがかわいそうだが。

「怠《なま》け者の節句《せっく》働き」みたいだけれど、今日から原稿を書く。

「私日記2　現し世の深い音」

3

高級な生きかたのすすめ

「なくてはならない」人生の快楽とは

生活が私の書くための第一の原動力になっている。これは直接体験だ。次が読書である。これは体験したものに光を当てるためである。そのどちらも私にとってはなくてはならない快楽である。

「至福の境地」

考えてみれば、誰だってこの一瞬一瞬が楽しい方がいい。インインメツメツな会話をされたら、逃げ出したくなって当然だ。その反対に尊厳と礼儀にきちんと支えられた会話の相手とは、もう数分余計に付き合いたいと、反射的に思うものなのである。

私のアメリカに住む友達はおっとりした人で、高速道路のお金を受け取る係の人とでも行き帰りにちょっとした会話を交《か》わす。

「風邪は治ったかね」

とおじさんが彼女に言う。

「なかなか治らなかったの。でもお隣の娘さんが来て、すばらしいお豆のスープを作ってくれたの。ルーマニアの人なんだけど。それを飲んだら、それをきっかけによくなったの」

「豆はおいしいもんだよ。豆のスープはすばらしいもんだ」

「お豆のスープは人の心を一番よく伝えるわ」

「同感だね。女房もよく作ってくれたもんだ」

「自分で作らなきゃだめよ。お豆なんか火にかけておけば誰だってすぐおいしいスープに作れるんだから」

おじさんは片目をつぶって笑う。豆スープをよく作った女房は死んで今はいないという感じであった。

これだけの会話に何十秒かかるのだろう。しかし後の車は、静かに待っている。焦《あせ》って急いだって人生はそうは変わらないのだ、ということを知っているように待っている。

会話は人生の大きな快楽だ。誰とでも十分以内に心のこもった会話を交《か》わせるようになるには、それなりの腰の坐《すわ》り方も必要だ。語るべき自分の生涯を正視しない人も、他人の思惑を恐れて自分の内面を語る勇気を持たない人も、共に会話の醍醐《だいご》味《み》を知らないままに終わる。強盗に殺されたくなかったら――強盗とさえもできるかどうかは別にして――楽しく喋り続けることだ、とある時、警察関係者に教えられた。

「それぞれの山頂物語」

最近の若い人たちの中には、「楽しい時」というと、真っ先にパーティーを上げる人もいるようである。しかし私は、パーティーというものが、昔から怖《こわ》くて疲れるばかりであった。友達と話をすることは大好きなのである。しかし、かなり違った性格や趣味の人が何人か以上集まると、どこかでお茶を濁《にご》すことになる。私はお茶を濁す会話、つまり社交的会話をすることが、全くできなくもないのである。昔、そういう訓練も受けたので、その気になれば、むしろ何時間でもできるだろう。しかしできるだけに、それが辛くて怖いのである。

しあわせなことに、夫は私に輪をかけたパーティー嫌いであった。

「パーティー？　よしたら？　よばれた人が迷惑だよ。うちへ帰って早々と寝巻で寝たいに決まってるよ」

というのが彼の台詞《せりふ》である。自分の好み中心に考えて、何となく幼稚な感じさえする。彼もパーティーに出れば、それなりに振る舞える人であった。ダンスはしないし、英語の発音も悪いけれど、それでも英語で複雑な話はするし、ご婦人に対する礼儀も服装の常識も心得ている。ユーモアもあるし、食事の時不作法もしない。それでもパーティーは嫌いなのである。

夫婦のどちらか一人がパーティー好きで一人が嫌いだと、これは悲劇だが、両方が嫌いだと、これはこれで変人同士（恋人同士と読み間違えないでください）として安定している。私は自然にパーティー好きの人とは、付き合えなくなって来た。人によばれるのも辛く、よぶのも辛いのでは、そういうグループでは異物になって申しわけない。

しかし、だからと言って私にも夫にも友達がいないのではなかった。パーティーをしなくても、私は人生で実に「楽しい時」を持ったのである。パーティーではなかったから、むしろそのすばらしさを見られたのである。私はたくさんの男や女の真剣に働いている時に立ち会えた。そしてそういう時の顔ほど、私には魅力的に見えるものはなかった。

「悲しくて明るい場所」

才能には明らかに差がある。それも相当な差がある。プロはプロで、アマはアマだ。しかしそれは個人の幸福とは関係ないのである。アマはプロの作品を楽しむという贅沢《ぜいたく》を知っている。

「生きるための闘い」

世間の顔色ではなく、自分が執着《しゅうちゃく》することをすればいい

しかし私たちは誰もが同じ反応を示すことはない。私たちは同一性において喜ぶこともあるが、違いによって救われていることも多々あるのだ。私が社会主義に馴染《なじ》めないのは、時の政府と権力者が人民に同じ考えや価値判断を強《し》いるからで、それではかけがえのない個性豊かであるべき「その人」が生きることにならない。人民は社会の仕組みの中で、ただその労働力を利用されるだけだ。

だから私たちは、人と違うことを恐れてはならないのである。違いがおもしろさを生み、安全を保つ。ドラマができるのも、詩が生まれるのも、人々が違う生き方をしているからだということをこの頃しみじみ思う。

「安逸と危険の魅力」

それにしても世間の男たちというのはどうしてああも権力志向が強いのだろう。

私にはとてもついていけない情熱である。

私は今まで何人かの内外の「偉い人」に会ったが、偉い人はその立場のために決してほんとうのことも、おもしろいことも言わなかった。会話は型通りで、退屈な場合がほとんどだった。仕方がないのだとよくわかってはいるのだが、私はあまりにもおもしろい人たちに会って、そのすばらしい思想や知性が燦然《さんぜん》と輝く瞬間に立ち会い過ぎたのかもしれない。そういうものこそ人間の魂《たましい》の会話であると知ってしまったから、政治家の無難《ぶなん》な話などどうしようもない。私自身が年を取って余命幾許《いくばく》もないと思うと、いっそう内容のない会話で残り時間を過ごすのもいやになる。

「それぞれの山頂物語」

「お母さん、私、何もかも捨ててきちゃったの。慰謝料の権利も、ミミも、何もかもよ」

「自由を買ったんでしょう。そうじゃないの?」

「燃えさかる薪」

日本人が徹底して今まで男たちに教えてこなかったものの一つは、ダンディズムというものであった。ダンディズムは、洒落《しゃれ》て、すてきで、一流で、きちんとしていることだと、字引には書いてある。（中略）ダンディズムがすてきなのは、それがあくまで一人の選択した行為だからである。他人を出し抜いて自分の好みを通すことである。

「それぞれの山頂物語」

紀元前七世紀の後半にミレトスに生まれたタレスという人は、なかなか結婚しようとせず、その理由を質問されると、次のように答えた。

「まだその時期ではありません」

しかしそれからしばらく経って再び同じ質問をされると、彼は答えた。

「もうその時期は去りました」

これはなかなか便利な答えだ。

タレスはろくすっぽ体も洗わなかったというぼんやりした学者だったと言うが、

オリーブの油絞《しぼ》り機を市場から借りしめて、一番必要な時期にうんと高く貸し出した。その結果、哲学者でも金持ちになれるという証明をしたのだという。

いいか悪いか、世間の顔色をうかがわなくてもいいのだ。深く自分が執着することをすればいい。

一番よくないのは好き嫌いがよくわかっていないことだ。道楽と酔狂《すいきょう》があって、社会の常識を大きく犯さなければ、どんな生き方もおもしろいのである。


「生きるための闘い」


私は夏休みに行っていたシンガポールで、すばらしい真珠のネックレスを見つけた。四千五百円だが、珠《たま》の大きさと輝きはたいしたものだった。

「あらあなた、このブランドを知らないの？」

と私の友達は言った。イタリアの有名なメーカーで、彼女によれば、特殊な技術で本物の真珠の粉を吹きつけているのだという。そのニセモノが心憎《にく》いのは、大きさや止め金の豪華さにいろいろの種類があって、どんなにでも選べることだった。

「ソノアヤコは大金を儲けたから、あんな大きな珠の真珠を買えたのよね」と世間の女性たちにひそひそ話をさせる程度のサギはできるのである。

このニセ真珠を持って行けば、どこかのお招きにも多少は格好をつけられるし、なくしてもあきらめられる、と私は思ってその真珠を今後の過酷な旅行用に買うことにした。

家に帰って、私は夫に言った。

「豪華なニセ真珠を買ったのよ。四千五百円もするの」

本を読んでいて、少しも私の話をまともに聞いていない夫は言った。

「じゃもったいないから、旅行に持って行くのはよしなさい」

夫の老後の道楽はケチだということになっているから、これはまことにまっとうな応答というべきであった。

しかしやはり私はこの「旅行用真珠」を旅仕度《じたく》に入れた。そして私の悪い癖なのだが、ある正式なお招きの席の食後の会話の中で、私の真珠がすばらしいニセモノであることを言いたくてたまらなくなった。

「何ていうブランド？　私も買いたい」

と聞いてくれる人もいたが、私はラベルをちぎった瞬間に忘れてしまっていた。しかしその席には、私の大学の後輩で、彼女自身社会的な仕事にも就《つ》いており、すばらしく頭の切れるすてきな女性がいて、言った。
「私なんか下北沢《しもきたざわ》で二千五百円のを買いましたよ」
私たちは笑い転げた。こういう場合、どちらが勝ったかというと安い方である。すばらしい女同士の話なのだが、なぜか少しだけ心の自由と関係があるような気がする。

「至福の境地」

昔フィリピンでスコールが来た時、雨宿りをしている私の眼の前で、突然鮮《あざ》やかな赤い靴を脱《ぬ》ぎ、裸足《はだし》になって駆《か》け出した娘がいたことを思い出した。その靴は彼女にとって大切なものだったのだろう。だからどうしても濡《ぬ》らしたくなかったのだ。そしてスコールが来れば、町からは埃《ほこり》も犬の糞もゴミも洗い流され、涼《すず》しくて気持ちのいい浅い川さえ出現する。

偉い人でなければ、いつでもどこででも、その方が気持ちいいなら、靴を脱いで雨の涼しさと水の気持ち良さをただで享受《きょうじゅ》する自由がある。何とすばらしいことだろう。

「安逸と危険の魅力」

「美」とはもっとも深く自由と関係がある

「美」の希求にいたっては、完全に消え失《う》せた。「美」の究極は、（一）他人のために、（二）自らの決定において（つまり国家や組織の命令でもなく、誰かに強制されるのでもなく）、（三）人としてするべき任務、責任、愛などのために、損な状況ばかりでなく、最終的には自分の命さえも捧げられる哲学のことである。

（中略）

他人のために命を捧げる、というような極端なことではなくても、人とは違う考えや生活の方式を断じて持ちつつ、しかも他者の違う考えや生き方を尊重し守る強さを持たない人はいくらでもいる。人と違うことを言ったりしたりしたら、周囲に悪く言われることが怖いのだ。お洒落やファッションには鋭《するど》い流行感覚を持つ人は実に多いが、自分の生き方の「美」に殉《じゅん》じる人など、今では例外になってしまった。美は誰にも守られない孤独な闘《たたか》いによって辛《かろ》うじて成就《じょうじゅ》する。

「生きるための闘い」

「美」こそは最も深く、自由と関係あるものだ。なぜなら美は、社会状況を一応は意識しつつ、時には完全に内なる世界において自分だけが選択可能な世界観として力を持つのである。

自分が美と感じるものに、私たちは心と時間を捧げる。時には命さえも捧げる。こういう人は今では少なくなったが。戦争中、国家の命令によって命を捧げて戦場で死んだ若い兵士たちは、それ以外に生き方を選ぶ方法がなかったということで痛ましい限りだ。しかし国家が戦いに引き出され（一部の人たちは、この戦いが愚かなものであることを明確に意識していた）、現実に敵の攻撃を受けている以上、自分が愛するものの命を守るために戦うより他はない、という矛盾《むじゅん》と必然を感じていた面も否定はできない。それが彼らにとっての悲痛な「美」であった。だから彼らは、胸打たれる遺書を残して死んだのだ。（中略）

しかし個人の生き方の「美」だけは、多分秘《ひそ》かに、誰に言うこともなく選ぶことができる。私個人としては、むずかしいだろうが、できうる範囲で自分の中の「美」に「酔狂」に殉じたい。もっともその「美」を押し通すことによって滝の白糸のように死刑になっちゃタマンナイ、と私のような臆病《おくびょう》で卑怯な者は、必死で計算しながら、である。

しかし「真」を見ることに臆病なまま「美」を生きることはできない。そしてそのような生は、人間の人生ではない。

二十一世紀の変貌《へんぼう》は、私だけでなく、あらゆる人の予測の能力の範囲を越えているだろう。私個人は、悩むヒマもないうちに「どうせ私は死んじまうのだから」と思っている。利己主義な私は死後のことなど、どうなってもいいのである。だから私はうんと若い時から、色紙を書かされた時には「後は野となれ」と書いて来たのである。

「哀しさ優しさ香しさ」

考えてみると、翔《しょう》はいつもいい加減にその場を取り繕《つくろ》って生きて来た。小さなことなら、すぐ軽々しく相手に迎合し、あっさりと意見を変えた。睨《にら》まれれば竦《すく》み、怒られればお世辞を言って機嫌を取り、ことが紛糾《ふんきゅう》しそうになると何でもいいから穏やかに収まる方法だけを考えた。ただそれらのことは、翔の生き方の中で、瑣末《さまつ》な部分だけで妥協するのでなければならなかった。人生の根幹に関することだったら、譲ることは敗北だと翔は考えているのだった。

「夢に殉ず（下）」

私も時には本気で小説を書いているのだが、心の一部では常に「たかが小説」と思うことにしている。それが架空世界を生きる者の美学だろう。

「それぞれの山頂物語」

電車の座席にどういう人がどんな思いで乗ったか、もしこの電車が走り始めて以来ずっと秘密の記録が残っていたらどんなにおもしろいだろう。小説家はこんな空想まで楽しめるから、どこででも退屈しない。

人は重い心配も、舞い上がるほどの幸福も、どちらも隠《かく》して電車に乗っている。隠しているところがすばらしいのである。

「生きるための闘い」

老年にやるべき「粋《いき》」な生活術

ある時期から、ということは、私が完全に老年にさしかかってから、私は急にものを減らすことに興味を持ち始めた。というと体裁《ていさい》がいいが、私は長いこと仕事ばかりしていて、家事を疎《おろそ》かにしたから、その結果、整理が悪い状態が何年も続いたのであった。

いらないものは捨て、教会のバザーに出し、ガレージセールとやらをやっている友人の娘に売ってもらって寄付のお金にし、その結果、戸棚のいくつかはがらがらになってきた。ついでに冷蔵庫の中身も徹底してむだなく食べるようにしたので、突き当たりの壁が見えるくらいになった。私は残りものを利用しておかずを作ることが大好きなのである。

昔は金持ちはお倉いっぱいにものを持っている人だと思っていた。しかし今では空間があると光がさしているように見えるし、よく風が通って病気にならないような気さえする。自分が充分なだけ使わせてもらえば、それ以上いらないので、その線をはっきりさせて、単純生活をしたいと思う。

その代わり、私は磨《みが》いたり、継《つ》いだり、塗り直したり、研《と》いだりすることが大好きになった。銀器はすぐ黒くなるので昔は嫌いだったが、今は仕事の合間に磨きこんで使うのが大変好きになってきた。真鍮《しんちゆう》の花瓶《かびん》もきらきらに光らせ、陽射《ひざ》しで荒れた窓辺の木部にはワックスを塗り、そういう手入れをしていると、家の中は落ち着いて暖かい空気になる。

「安逸と危険の魅力」

年を取ると、健康を維持することに、たくさんの時間を取るようになる。朝から健康にいい、と言われていることしかしていない人までいる。

エピクテトスはそうした現代人の出現を二千年も前から予測していたかのようだ。彼は次のように書いている。

「肉体にかんする事柄で時間を費《つい》やすこと、たとえば、長時間運動をしたり、長時間食ったり、長時間飲んだり、長時間排便したり、長時間交接したりすることは、知恵のないしるしだ。ひとはこれらのことを片手間になさねばならぬ。きみの全注意は心に向けたまえ」

自分がこのどれかに該当《がいとう》しているからと言って、別に怒ることも気に病むこともない。長時間かかる人に理解を示すのも当然だ。しかしこうした長時間の行為が、手段ではなく、目的とされることが、いささかこっけいであることもほんとうだ。これらのことは片手間にすべきことだという実感はある。

老人になると、いや老人でなく中年後期でも、健康保持を最大の仕事にしている人は昨今どこにでもいる。健康は人迷惑でないという点ですばらしいものだ。しかしできれば片手間でそれができたらもっと粋《いき》なのである。

「至福の境地」

今時、「人生、いかに生きるべきか、などと考える方が時代遅れね」という人もあるだろうが、私は快楽主義者だから、やはりそのことを考え続けて生きている。何がおもしろいか、どう生きたら一番私らしいか、ということについて策を巡《めぐ》らすのは、限られた生の時間を濃縮して最も有効に使うために必要なことなので、それには、沈黙の時間がいるのである。

（中略）

もっと平たい言葉で言うと、瞑想《めいそう》とか沈黙とかは、人間をその人らしくする。そこには一種の退屈があるからである。今のようにテレビ・ゲームや、お噂週刊誌で何時間も時間を「潰《つぶ》す」ことができたりすると、人間は退屈しない代わり、ものごとの本質に迫《せま》って考えるということをしなくなる。

「悲しくて明るい場所」

小説と料理があると、一生退屈しないで済むな、という気はしている。前にも書いたと思うけれど、老人料理というものを考えるのも、なかなかおもしろいのである。
独《ひと》り者の老人が、簡単で、短時間ででき、栄養が偏《かたよ》らず、胃が悪かったり、歯が抜けてしまったり、手があまりよく利《き》かない、というような状況になった時でも、どうやら毎日変化をつけて、自分の手料理を食べられる方法を考えるのである。

その基本的テーマも「うまい手抜き」ということだ。ほんとうの料理というものが、手を抜かないことにあるとすれば、全く恥ずかしいのだが、どうにか自分だけを生かしていけるということが、老年には偉大な意味を持つようになるのだから、それでいいのだ。

そんな話をしていたら、また別の友人が真面目な顔でおもしろいことを言った。
「でもいつでも次の食事に何を食べようか考えているような人には、あんまりボケた人がいませんね」

そう言われればそんな気もするが、そんな風に言い切っていいのかどうか。ただ老人ホームなどで時々、年や健康の割には元気のない人がいるのは、自分の食べ物は自分で作らねば生きて行けない、という動物的生活の基本を免除されているからかもしれない。

何とかしておいしいものを食べよう、そのためには材料を買いに行こう、自分好みの味付けを創出しようという執着は、やはり一種の明瞭《めいりよう》な前向きの姿勢なのだから、それは老化防止にはなるのかもしれない。食欲も物欲もなくなったら終わりだから、いささかのむだや愚かさは覚悟の上で自分に許した方がいい、と考えることにしている。

「安逸と危険の魅力」

人間が高齢になって死ぬのは、多分あらゆる関係を絶《た》つということなのである。もちろん一度に絶つのではない。分を知って、少しずつ無理がない程度に、狭《せば》め、軽くして行く。身辺整理もその一つだろう。使ってもらえるものは一刻も早く人に上げ、自分が生きるのに基本的に必要なものだけを残す。

人とは別れて行き、植物ともサヨナラをする。それが老年の生き方だ。そうは言っても、まだ窓から木々の緑は眺《なが》められ、テレビで花も眺められる。

人とも物とも無理なく別れられるかどうかが知恵の証《あかし》であろう。会うより別れる方がはるかに難しい（私の知人で、三回結婚して三回別れた男性もそう言っていた）。種類を減らし、鉢の数を減らし、鉢を小さくし、水やりと植え替えがあまり要《い》らないものにする。人とも花とも、いい離婚は経験豊かな人にしかできない。

「緑の指」

人間は、老年になったら、いかに自分のことを自分でできるか、ということに情熱を燃やさねばならない、と私は思う。それは、その人のかつての社会的地位、資産のあるなし、最終学歴、子供の数などとは、全く無関係の、基本的人間としての義務だと思う。つまりドロボーをしないとか、立ち小便をしないとか、いうのと同じくらいの、社会に対する義務である。

「近ごろ好きな言葉」

「ほんもの」の成功者とは誰か

私は昔から、目的と好みがはっきりしない人と付き合うのがあまり好きではなかった。別に出世や勉強に「資《し》する」ところなどなくてもいい。おもしろいから、それに夢中になる人が好きだったのである。そしてまたそういう人しか、決して一人前の「仕事師」にはならないものだ、ということもまもなくわかって来た。

「生きるための闘い」

人生はワンダーフルだという。初めて英語に接した時、ワンダーフルという単語は「すばらしい」とか「すてきな」という意味だと習った。しかしワンダーというのは「驚嘆すべきこと」「不思議なものごと」という意味で、人生がワンダーフルだということは、「人生は、不思議な驚嘆すべきものごとで満ちている」という意味になる。人生は当人にも予測しがたいことに満ち、それが受け手にとってすばらしいかどうかは、二の次である。

しかし意図しなかったことではあるが、自分が思いもかけない道を歩ませられ、それがそれなりに意味があったことを発見できた人は「人生はすばらしい《ワンダーフル》」と言うようになる。その人は成功者なのである。そういう境地に達するには、自然の成り行きこそ神の望むところだったという認識が力を発揮している。

「それぞれの山頂物語」

普通なら、上に立つ生活に馴《な》れた方は、たとえボランティアであろうと、決して人の世話などしようとは思わないものです。しかし鈴木さんは違いました。あの方の偉大なところは、常にその時、一人の人間としてなすべきことを、楽しく、おもしろがって、自然にしてくださったことです。

「湯布院の月」

今日子《きょうこ》は確かに人生を常に自分でデザインして生きて来た。そんな選択は、誰にでもできるものではなかった。

「陸影を見ず」

しかし人は決して単純ではない。危険や、経済的な損を承知の上で、それでも自分をそこに駆り立てる不思議な情熱から逃《のが》れられない人がいる。登山、探検、途上国の奥地の貧しい寒村で医療行為に従事するなどというのも、その一つの現れである。

私は今までにどれだけそういう情熱を追って生きて来た人たちに会い、その人たちに尊敬と魅力を覚《おぼ》え、そうはなれなかった自分の卑怯《ひきょう》さと曖昧《あいまい》さに悲しさを覚えたかしれない。私の生涯で特筆すべき幸福は、世間の常識と安全を棄《す》てて、命の危険があるかもしれない世界で自分を生かして来た人たちに、たくさん会えたことであった。

「哀しさ優しさ香しさ」

たとえ心にどんな悲しみを持っていようともできること

誰でも、たとえ心にどんな悲しみを持っていようが、うなだれずに普通に背を伸ばして歩き、普通に食べ、見知らぬ人に会えば微笑する。それこそが、輝くような老年というものだ。馬齢を重ねたのでないならば、心にもない嘘一つつけなくてどうする、というものだ。この内心と外面の乖離《かいり》を可能にするものこそ、人間の精神力なのだろう。それは雄々《おお》しさと言ってもいいかもしれない。

「最高に笑える人生」

「あのお隣さん、どこが悪いの？」

一階でエレベーターを下りると、翔は葉子に尋ねた。

「外科の病室がいっぱいだっていうんで、入って来た人なんだけど、胃癌でもうかなり悪いんですって」

「自分で知ってるの?」

「そう。人ごとみたいに言ってるの。『私は、この年まで生かして頂きましたし、この世が苦労続きでしたから、死に易《やす》いんですよ』って」

「おもしろいこと言う人だね。僕なんか反対だな。この世がすばらしかったから、死ぬことを納得するだろう、と辛《かろ》うじて思ってるけど」

「息子、っていう人がいるらしいんだけど、どういう理由か、家に寄りつかないんですって。だから、あの人、独りで死ぬ気らしいわよ」

「それで端然としてるんだな」

「私もそういう意味のことを言ったの。そしたら、『そんなにきれいなもんじゃありません。心の中は煮えたぎっております』って」

「心の中なんかどうでもいいんだよ。辛うじて外側がおきれいごとで済むかどうかなんだよ」

美しい光景だった。たとえそれが全部お芝居だったとしても、何という美しい見事な演技だったろう。

「黎明」

私は作家として、個人的な恨《うら》みで殺人をするということに関しては（実行することがいいというのではなく）時々心から理解できると思うことがある。ドストエフスキーもカミュもモーリヤックも、その恨みを書き、それは人間の心を描《えが》く名作として、社会から拒否されるなどということは全くなかった。

ごく普通の人でも、人間は煮えくり返るような思いで自分に危害を加えた相手に対して、復讐《ふくしゅう》の計画を心の中ですることがあっても、それだけなら異常なことではない。

「哀しさ優しさ香しさ」

誰でも日によっては不機嫌な顔しかできないような気分の時がある。しかしそういう時でも、相手に対して、そのまま不機嫌を顔に出すのは、何より「愛」に反する行為だと聖書はいうのである。つまり甘えるな、ということだ。

「自分の顔、相手の顔」

たった一人を幸福にできなくて何ができるのか

妻に対して、あるいは夫に対して、この人と結婚してよかったと思わせることは、多分「ささやかな大事業」である。私は社会的に大きな仕事をしながら、妻には憎まれて生涯を終えた人を少なからず知っているから、なおのことそう思うのかもしれない。たった一人の生涯の伴侶《はんりょ》さえ幸福にできなくて、政治も事業もお笑い草だと私は思っている。

「至福の境地」

先日百歳に近い母上を失った私の友人が、実にいい話をしてくれた。母上のお葬式のことは世間に隠しておいたのだが、数日経《た》って同級生の一人が、伝え聞いて訪《たず》ねて来てくれた。

その時彼女が、実に二十数種類のおいしいものをほんの少しずつ買って持ってきてくれたのだという。つまり母を失い、お葬式で疲れ果てた友人が、どこへも行かなくても、数日間は「食いつなぐ」ことができるように、細かく配慮したものだった。

それは比較的すぐ食べた方がいい鮮度が大切なものから、数日後でも充分保《も》つものまで配慮された取り合わせだった。チーズにしてもできるだけ小さな包《つつみ》で、飽《あ》きがこないように考慮されていた。また栄養の上でも、肉にも甘いものにも片寄らないように、細かい心遣《づか》いがなされていた。

「ほんとうにあの人は偉い人よ」

と彼女は私に話してくれた。

私の友人が看病の疲れを取り去り、元気になれば、それが何より亡き母上への供養になる、と誰もが知っている。この友人は、それを実行したのである。同級生のすばらしい魅力を語ることは、特別な嬉しさを持っているものだ。自分までいい人間になったような気がするからである。

「至福の境地」

誰もが、それぞれに自立しているということは輝いていますね。しかしそれは一朝一夕《いっちょういっせき》にできるものではありません。何より自立は精神の問題です。自立するまでには、必ず葛藤《かっとう》も迷いも不安もあって普通です。

しかし人間にとって他人への愛のひとつの形は、やはり月並みですが、できるだけ迷惑をかけないという形を取るのかもしれません。私の歳《とし》になると、実は時には人には迷惑くらいかけたほうがその人の人生の味を濃《こ》くすることもあるのだ、などという思いもあるのですが、しかし原則はやはり違うでしょう。

「湯布院の月」

堀江《ほりえ》神父は教区の仕事をしながら、周辺の貧しい生活者たちのために、どこにでも出向いてできる限りの手助けをしていた。神父たちが住んでいる質素な「普通の民家」を使った修道院で、私たちは持参した材料で自炊をしてカレー・パーティーを開いたのだが、その晩、私たちが心の問題を話し合えたことを神父は非常に喜んでくれた。今の時代、日本では、なぜ人は生きるのか、どう生きたら最も生きるに値《あたい》するのか、などということを日常生活の中で、ほとんど語り合わなくなっている。

神父は中でも同行の新聞記者の一人が真っ向からこの問題を率直に聞いてくれたことを幸福に感じていた。私流に要約して言えば、「神父さんはどうしてこんな遠い土地でことさらに貧しい人たちと暮らしているんですか」という質問だったと記憶する。

神父はそのような質問をしてくれただけでも、その人の誠実を感じていた。今の人々は他人のしていることに関心を持たないから、その意味を知りたいとも思わず、もちろん質問もしないのである。関心を持つということはそれだけで「愛」の初めだというのに。

4 コンプレックスによっても「才」は生まれる

「マイナスの才能」を持つということ

イエスは人間として最低に卑《いや》しめられた形で生涯を生きたということになります。これは聖書にはあまり書いてありませんが、神が人の子としてこの世に生まれたときに、この世で最も屈辱的な状況のなかに生まれたということを、われわれははっきり知るべきではないか。そういう読み方も聖書はできると思うのです。

「現代に生きる聖書」

小説家というものは、おもしろいことに強者にも務《つと》まるが、弱者にも極めて向いた仕事なのである。何しろぐじゃぐじゃグチを言うことにも意味がある。上等のグチが金になる商売なんて、漫才と小説くらいなものだ。

昔まだ私が小説を書き出そうとしていた頃、臼井吉見《うすいよしみ》という評論家の先生に会わせてもらえる機会があった。何しろ小説家志望の文学少女など、その辺に掃《は》いて捨

てるほどいる。先生は温かいけれど疑わしそうな眼で私を見ながら、

「あなたは病気と、貧乏と、男の苦労と、この三つのどれをしたことがありますか？」

と聞かれた。

男の作家だったら「病気と金と女」で苦労しなければ、とうてい一人前の作家になどなれない、と当時は言われていたのである。

その時の私はといえば、戦争で父と母はいささか財産のようなものを失ったが、乞食《こじき》や質屋通いをしたこともまだない。体は極めて健康。男の苦労は「したことがある」と私自身は思っているのだが、他人はとてもそうは見てくれそうにない。何しろ「お嬢さん学校」という評判のミッションスクールに十七年間（幼稚園から大学まで）もいたのである。評論家としては「文学なんぞやめて嫁に行きなさい」と忠告したくなるだろう。

つまりその当時から、世間的な生活不適格者、弱者、こそ作家にもっとも適した資格であった。それが今では、弱者は作家にさえ向いていない、と思われるようになったのだ。どうして世間はこんなに常識的になったのだろう。「生きるための闘い」

私の周囲に、今、神経症の人がたいへんに多い。そのほとんどが、正直で、努力家で、責任感に満ち、才気も独創性もある。つまり、善意で優秀な人である。褒《ほ》めたついでに、自分もその仲間入りをして点を稼ごうと思うのだが、私もかつて三十代に長い間不眠症に苦しんだ。その当時の不調を何という病名で呼ぶべきなのか、私は今でもよくわからない。私は不眠症だけだと思っているが、家族や他人から見たら、立派な神経症だったのではないかと思う。

今だって、私はどうみても円満な人間ではない。言い訳をすれば、作家で円満な人格など、もともとあり得ないだろう、とも内心密《ひそ》かに思っている。外部から見ても、私の作品をあまり読んでいない人に限って「辛口の評論家」などと言うが、そう言われるような人間が、円満で優しかったりするわけがないではないか。

しかし、とにかく、私は十年以上かかって不眠症を抜け出した。この世で自分の思う通りにならないことも、これは世の中の潮流に流されているのだから面白いなあ、と思えるようになり、なによりも感謝の思いが増した。その結果、人からどう言われても、現実は一つなのだから、そのままにしておこう。褒められていたら、そのありがたい「誤解」は訂正せずにとっておき、嫌われたら首をすくめて、できるだけその人の神経をいらだてないように、それとなく離れていよう、と思うことにした。つまり、本質的解決ではないが、「姑息《こそく》な手段」ということに、むしろ、ただならぬ知恵の輝きを見るようになったのである。

「哀しさ優しさ香しさ」

「快活は寿命を延ばす」と言った後で、祖父は快活になる方法も教えている。悲しいことがあった時、何もせずにどうして人は快活になれよう。人間はそんなに強いものではない。

祖父はその時「気晴らしをせよ」と言ったのだ。私はその訳語に「アプターオー」という言葉を当てることにした。それはまあ、言い換《か》えてみれば「退屈を紛《まぎ》らす」というようなことだ。ユダヤ人はそういう場合、あまりことを上手に解決しない。ユダヤ人に比べたら、このアレキサンドリアに住む他のあらゆる連中はうまくやっている。祖父はその点で、ユダヤ人の中でも少し変わり者だったのかもしれない。いやそういう言い方も正しくない。真面目なことの好きな民の中からは、時々途方もない悪戯《いたずら》好きみたいな性格も出ることがあるものだ。

「ねたみと怒りは寿命を縮《ちぢ》め」とあるが、「怒り」という言葉を、私は「シュモス」というギリシャ語に置き換えた。「激怒」という意味だ。私の感ずるところ、静かな怒りは体にいい。それは緩《ゆる》やかに体中の血を動かして、人を生き生きとさせることさえある。しかし激怒はいけない。それは刺《とげ》のように体を駆けめぐりながら、あちこちを刺《さ》し貫《つらぬ》く。

「アレキサンドリア」

舅《しゅうと》はイタリア文学者だったのに、若い時から乳製品が嫌いで、チーズもバターも食べなかった。姑《しゅうとめ》が先に亡くなり、舅が一人残って、しだいに食が細った頃、私はある日、カテージ・チーズを少し出してみた。すると舅は意外にも「これはうまい」と言った。お豆腐料理だと思ったのかもしれない。もっとも舅は非常に礼儀正しい人だったから、出されて口にしたものは、最初から「うまい」というつもりだったのかもしれないが、私は単純に、何でもいいから、舅の食事の量が増えればいいので「しめしめ」と思っていたのである。

私は味をしめてヨーグルトも、「プリンみたいなものですけど、召し上がってみます？」と言って出してみた。これも「これはうまい」と合格になった。

昔は年を取れば取るほど、頑固で拒否的な態度を取るものだ、と思われていたが、実は心の広くなる年なのではないか、とこの頃考えを改めるようになった。

我が家の猫も、獣医さんの記録によると二十二歳なのだが、今までは一番安い鶏肉のささ身とかつおのなまりだけで生きてきた。しかし最近では、チーズもお豆腐も食べる。先日は夫に騙《だま》されてコンニャクまで食べた。

単純に考えても、好きなものが増える、というのは楽しいことだろう。ましてや、一見悪いことの中にも意味が見えるようになったら、ほんとうに生きてきたかいがあるというものである。

「安逸と危険の魅力」

もっとも「偉大なる罪」などというものはやたらに存在するものではない。偉大な罪を犯すということは、一種の人並みはずれたマイナスの才能であって、私たちの多くは幸か不幸かそのような才能を持ち合わせていない。

私たちが簡単にできるのは、むしろけちな悪の行為である。でも、けちな、という形容詞のつく「もの」や「こと」が、私はかなり好きで、けちな悪、けちな善行、けちな卑怯さ、けちな勇気、けちなお金、と言ったものにはすべて親しみが持てて、心も休まる。そしてそれだけで笑いを誘われることもあれば、自己批判の材料になることもある。

「夢に殉ず（下）」

捨てるのがいいか、捨てないで大切に使うのがいいか、ということは、私にはよくわからない。私はどちらかというとよく捨ててしまう母の娘として育ったので、家の中に空間を多く残すのが好きだ。しかし同時に修理する趣味もある。野菜くずは必ずスープにして使ってしまう。一方でこの不景気な時には、国民一人一人がやや意識的に消費をしなければならない面もあるだろう。消費も時には、そして部分的には美徳なのである。

「生きるための闘い」

むしろ「弱さ」を自覚しているときこそ人はまともだ

「かわいそうだな。息子たちは、私ほどの成功を収めることはできまい」

「誰もできません。また、望んでもおりません」

アキャブは静かに答えた。

「どうしてだ？」

王は尋ねた。

「すべて叶《かな》えられると、恐ろしいのです」

「愚かで小心なやつらだ」

「愚かさと小心さがなければ、賢明さと偉大さも生まれますまい」

「今にしてわかった」

王はアキャブに言った。
「お前のような奇妙な考え方があるから、私は一生退屈しなかったのだ」

「狂王ヘロデ」

だれでも苦労話というのは好きなものですが、パウロも苦労話をちゃんとしているところが私は好きなのです。

ここでパウロはさまざまな難《なん》をあげていますが、同胞からの難、異邦人からの難、町での難、荒れ野での難、海上の難、偽兄弟の難などは、おそらく職場、親戚、結婚した相手、家族などの、あらゆる人間関係に置き換えることができるでしょう。つまり、あらゆる人間関係に苦労し、経済的な困苦につきまとわれ、心配事が絶えなかったわけです。しかしパウロは、だれかが弱っているなら、私は一緒に弱らないでいられるでしょうか、と言うのです。そして、もし誇《ほこ》る必要があるとすれば、私は自分の弱さからくることを誇る、とも言っています。それはむしろ弱さを自覚しているときにこそ、人間はまともだということを言っているのだと思います。

「現代に生きる聖書」

かつて国王は、次世代のアラブのリーダーたちに何か忠告があるかと聞かれた時、

「抑止力などというものは機能しない。機能したのを見たこともない」

と答えたという。絶望ということを知ったすばらしい人間の言葉だ。戦争を語り継げば戦争は起こらないなどというのは、多分人間に対する甘い見方なのだ。

「将来の移譲《いじょう》は、混沌《こんとん》ではなく、見応《ごた》えのある発展になるだろう」とも王は語ったという。

「それぞれの山頂物語」

そこは町中、病人で溢《あふ》れています。しかし少しも病的ではありません。病と死

は、私たちすべての人の生涯に組み込まれているものですから、避けるべきものでも異常なものでもないのです。その狭い町に溢れた病気の人たちと、私たちは同じように人生を思い称《たた》え、救いを信じ、自分が多くの人に愛されていることを確認するのです。ルルドはそういう意味で不思議な場所でした。

「湯布院の月」

「生」を追い立てるもの、生かすものの存在

死はむしろ生き方を教えてくれるものなのである。死ぬ予感がないから、人の心は彷徨《ほうこう》する。他人の境遇を羨《うらや》んだり、名誉や地位に執着したりする。昼日中から、芸能人の離婚話やスキャンダルを種に、ああでもない、こうでもない、と揣摩《し ま》憶測《おくそく》するようなむだなテレビ番組などを見ていられるのも、死を意識していないからである。

死を近く思うと、人は時間を自分のためにだけ使うようになるだろう。人の噂に

係《かか》わることは、所詮《しょせん》は人に時間をやってしまうことなのである。私が人より少し時間を有効に使って来たとしたら、それは、死の観念がいつも遠くからだが、私を追い立てていたからだろうと思う。

「悲しくて明るい場所」

二十年前、イスタンブールのディヴァン・ホテルで短編の第一枚目を書き始めて、「まだ書ける」と私は少し喜んだのだが、やはり私は毎日、死ぬことを考えていた。視力障害というものは眠っている時以外、いやでもその事実を当人につきつけ続けるものなのである。

しかし翌日、私たちはバスでアンカラに向かった。イスタンブールからアンカラまでは約四百キロ、朝出て夕方六時になってもまだ着かなかった。（中略）

私はだんだんお腹が空いてきた。途中で買ったカシューナッツを膝の上でむいて口に入れていた。アンカラに近づくと驟雨《しゅうう》があり、道のあちこちに水溜《たま》りができていてなかなかホテルにも辿《たど》り着かない。

私はふとある現実に気がついた。空腹を感じ出して以来、私は一度も死ぬことを考えていなかったのである。

今日本では、高齢の自殺者が多いという。飛び込み自殺など交通機関にひどい迷惑をかける。どうしても死にたい人はその前に、二、三日断食してみるといい。どうせ死ぬなら断食くらい、一週間でも十日でもできるだろう。空腹になると、人間は生の法則に従うようになる。飽食が可能な個人的、社会的状況があるから、人間には甘えができて、「自殺を考える余裕」も生まれるのである。私もまた、死をこの視力障害の一つの解決法として考えていて、一時間に一回くらいは死ぬことを思っていたのである。

二週間ほど後に私たちはトルコ南岸のフィニケに来た。フィニケとは「フェニキア人の」という意味だ、と聞いたが確信はない。当時そこは人気《ひとけ》もなく、海岸では澄んだ水がさざ波を立て、底の石まで多分見えていたように思っている。つまり私の印象だと、海は笑っていた。

海は私がそこで自殺しても笑い続けるに違いなかった。ここは暗く深刻でなさそうでいい場所だ、と私は思った。どうしても死にたかったら、ここへ来よう。今は友人たちがいるから、迷惑をかけたくない。しかしあらゆる個人の死など歯牙《しが》にもかけないようなこの冷酷な明るさの海は、死に場所としていい。
もうその時には、私は死から抜け出していた、と言ってもいいのだろう。あるいは私は初めから死を実行する気はなく、ただその想念を弄《もてあそ》んでいただけだと言われても、私は決して反対しない。私はカトリックだから、自殺は大罪だと教えられていたのである。
しかしトルコのこうした土地の記憶は、それだけに私の中で一際《ひときわ》深い思いを持っている。聖パウロも生涯視力障害者だった。パウロの手紙の特徴は、描写という要素が全くないことだ。だから私も、見えない眼でトルコを廻《まわ》ったことで、聖パウロの生涯をいつか書けるかもしれないのである。

「至福の境地」

戦争は「運命の星」と無関係ではなかった。そのことに思い及ぶ人は、誰でも、その事実の前に立って、人間の生の不可解さに暗澹《あんたん》とした。

生きようとする執着のある者が生きるという説もある。弾《たま》に恐怖する者が案外死なぬともいう。しかしそれは公式ではない。誰が生きて誰が死んだか、を思う時、そこには何の必然も因果関係も見当らない。努力すれば志《こころざし》を遂《と》げられるという信念が、いかに甘いものであるかを知る。正しきものだけが残ったのでもない。生き死には、問答無用であった。有能な兵隊も死に無能な兵隊も死んだ。生き抜こうと決意した者は助からず、どうでもいいと投げ出した者が生きた。道を左へとった人間が生き、右へとった者が死んだ。かくまで完全な個性の無視が行われた舞台はなかった。それ故《ゆえ》に戦争は理不尽であり、それ故に人間は謙虚にならざるを得なかった。生死はまさに、一人一人が頭上につけられて生まれて来た、目に見えない「運命の星」の故であろうと思う他はなかった。

「生贄の島」

世の中は矛盾《むじゅん》に満ちている。なくては困るのだが、あり過ぎると暗くなる。風通しも悪い。亡くなった私の母は、迷信のように家の内外の風通しのことを言っていた。家の中は、東西南北に窓を開けて空気が抜けるようにしなければいけない。昔はアパートやマンションなどというものもなく、貧しいうちは長屋だったが、それでも前後には風が抜けた。

母は、家の外壁の周囲も、植木を生《お》い茂らせずに刈り込んで、風と陽が当たるようにしなければならない、と言った。母はそうすることを「運が向くように」という言い方で私に示した。

「運が向く」ための母の方法は幾つかあった。壊れた所をそのままにしない、というのもその一つだった。切れた電球をすぐ換《か》える。剝《は》げたペンキはできるだけ早く塗り替える。ゴミはすぐ取り除く。取れたボタンはすぐにつける。

私はしばしばこの手の遺言《ゆいごん》を守らなかったが、だからと言って運がただちに左右されたという記憶はあまりない。松を切った後の明るさは、どこか心の中で、私に苦《にが》みを残していた。松を無計画に植え、育てた私が悪いのだ。切らねばならないようなら、松を最初から植えなければよかったのだ、と心が責められたのである。

たった一つその苦みが救われるのは、松を切ったことで、私が一つ学んだことをはっきりと心に自覚した時だった。それはすべての人は、後世の人たちのために、適当な時に死んでやらねばならないことを認識するということである。
古いものが繁茂《はんも》しすぎ、残りすぎたらどうなるのだ、と私は恐ろしく思う。それはものでも人でも同じだ。もちろん或《あ》る時期までの風避《よ》けは必要だ。しかし風通しも同時に大切なのである。
広くなった庭を歩きながら、私はこれを一つの教訓にしようと思った。教訓などという言葉は極めて私らしくないのだが。そうすれば切られた松の霊も恨まないだろう、とふと感傷的になったのだ。

「生きるための闘い」

死がなければ、木も風も、星も砂漠も、あんなに輝いているとは思えないだろう。永遠に生きるという運命がもしあるとしたら、それは恩恵ではなく、これ以上ないほどの重い刑罰だ。ほどほどのところで切り上げられるのが死の優しさである。その時期はまあ、自分ではない誰かが決めてくれるのだから、これまた無責任で楽なものだ。

前にも書いたけれど、死に易《やす》くする方法は二つある。一つは毎日毎日、楽しかったこと、笑えたことをよくよく覚えておくことだ。私の家庭は自嘲《じちょう》を含《ふく》めてよく笑っているから、種には事欠かない。

もう一つは、正反対の操作になるが、辛かったこともよくよく覚えておくことだ。死ねば嫌なことからも逃《のが》れられる。もう他人に迷惑をかけることもない。私が他人に与えた傷も、私の存在が消えると共に少しは痛みが減るだろう。考えてみるといいことずくめだ。こんなふうにずっと思い続けているのだが、だからといって決して悟《さと》ったと思えたことなどないのである。

「それぞれの山頂物語」

不思議なものだ。人は生きて仕事をするのが普通だが、死者も働くのである。小《お》倉《ぐら》氏の思想と才能は既《すで》に存在していたものとしても、その力を押し進めたのは、亡き夫人の存在なのだろう、と思う。人は幸福でも働き、悲しみによっても働く。何という不思議な心の仕組みなのだろう。

それを思うと、私たちはどれほどにでも謙虚にならざるを得ない。私たちを動かしているのは、幸福でも不幸でもある。人から愛されることでもあり、人に憎まれることでもある。その因果関係が明瞭に見えることなどむしろ少ないのかもしれない。むしろ人間関係の薄暗がりの中で、私たちは生かされて行くのである。

「生きるための闘い」

喪失の悲しみを感じられる人生に価値がある

今はやや遠ざかっているが、翔は一時、かなり詩集を読んでいた時期があった。

「人生は失われた愛によっていっそう豊かになった」

とラビンドラナート・タゴールは「迷える小鳥」の中で言っている。タゴールの言葉の中では、特に光っている部分でもない。しかしまだ十代の翔はこの一節を初めて読んだ瞬間に、人間にとって意味があるのは、手に入れてしまった愛よりも、むしろ失った愛なのだろう、と納得したのである。恋や愛だけではない。それは失ったものすべてに対する哀惜《あいせき》の思いから出たものであった。喪失の悲しみを感じられる人生とは、何と生きるに値するのだろう。

もちろん男が女に近づくには、それなりの単純で直截《ちょくさい》な意図がないわけではない。会いたいから声をかけ、電話で呼び出し、相手の耳に快《こころよ》いことを言おうとするのだ。しかしそれだけでもないように翔は思うのである。一人の女と男が、他人とは言えない空間にまで近づくには、何か決定的な要素がいる。翔は文学的な才能がないから、長い間、それを運命としか言いようがないと思っていた。もっと他の言葉はないのかと思うのだが、いざとなると、決定的な表現も思い当たらなかったのである。

するとタゴールは、別の一行を用意していた。

「私の心の悲しみの背後に、なにか微《かす》かな物音が聞こえる、——それを見ることはできない」

タゴールはそれを物音だと言う。

しかし翔の実感によれば、それは一つの風景に似ている。しかし翔の記憶する風景には、いつも声がない。それでもいつも翔は鮮やかな光の満ち溢《あふ》れる光景の中で女に会い、それが忘れられない人になるのである。

「夢に殉ず（上）」

しかし私は家庭内暴力にも、アメリカの無差別爆撃にも、感謝したのだ。私は親子の恩愛《おんあい》の複雑さを知った。国家が平然と犯す犯罪は通ることも知った。それこそ私のものの考え方を太く複雑にする最大の教育であった。

「それぞれの山頂物語」

朝、加納《かのう》は電気の髯剃《ひげそ》りを机の上から落とした。拾い上げてスイッチを入れてみたが、それっきり振っても揺すっても動かなかった。髯剃りは用心して、電池のとプラグのともう二つバックアップに持って来てある。加納はしばらくの間、長年使い馴《な》れた髯剃りの控えめな重さと、手になじんだその細部の曲線を愛撫《あいぶ》した。この航海を無事に終わらせるために、髯剃りは小さな身代わりとなって死んだのかもしれない、と加納は感じた。すべての仕事にはそのような部分がある。

「陸影を見ず」


「人はもしかすると、皆、一人で生きてるんじゃないかなあ」

川上はのんびりした口調で言った。

「僕は時々、人から身の上相談されるけど、結婚してる人でも意外と一人なのね。妻に言えないことがある、って言う人もいるし、主人は、私の気持ちを全然わかってくれたことがありません、って言う奥さんにも何人か会ったことあるよ」

「あなたは、奥さんもいなくて淋《さび》しくないの？」

「そうだなあ」

川上は一瞬、海を眺《なが》めた。

「淋しいのかもしれないけど、貧乏暇《ひま》なしのおかげかなあ。虚《むな》しくなってる暇がないんだ。ゴミは毎日溜《た》まるしね。だから何日かさぼりたいなあって思うことあっても、さぼったら、この病院の機能が数日でマヒ状態になること、目に見えてるでしょう。僕、ほんとうに貧乏に救われてると思う時ある」

「極北の光」

二、三十分朝の町を散歩しているうちに、或る小説を思い出した。サマセット・モームの「会堂守《も》り」という短編である。

イギリスの田舎の、或る教会が舞台である。そこが時代の波に乗って、信徒の間でいろいろな改革が行われることになった。その際、長年その教会を守ってきた会堂守りは、誠実な人だが読み書きができないのでクビにされることになってしまった。字が書けないようでは、教会の世話人としてふさわしくないというのである。

一生を神に仕《つか》えながら、生活の資《し》も得ようと思っていたその会堂守りは絶望のどん底に陥《おちい》った。この先どうして暮らしていったらいいかわからなかった。あまり悲しいので、会堂守りは気持ちを紛《まぎ》らわせるために煙草《たばこ》を吸いたいと思った。しかし教会と自分の家との間には煙草屋がないのでどうにもならなかった。

自分と同じように、この道を悲しみながら歩く人はほかにもいるだろう、と彼は思った。その男も、気持ちを紛らわすために煙草を買って吸いたいと思うだろうな、とも考えた。

そうだ、そういう人のためにこの道に煙草屋の店を開いたらどうだろう。彼のこの計画は当たった。教会をやめさせられる時、どうして生きて行ったらいいだろう、と心配したその不安もなくなった。店はけっこうはやったのである。彼はそのほかにも、悲しさを心に抱えながら歩く人を想定し、その付近に煙草屋の店がないと、その辺りに煙草屋の店を開いていった。彼はやがてひとかどの金持ちになった。

（中略）

要は、人の心に入ることと、人のしないことをすることだ。（中略）

失職はもちろんしないに越したことはない。しかしいつも書いていることだが、不運を幸運に変える技術が私にはおもしろいのである。

「それぞれの山頂物語」

「公平」でないから自分らしくなれる

「しかし黒ばかり着る、というのは大変なことじゃないのかな」

「いいえ、簡単でいいんです。働く女には最適よ。他の女性のように色に迷いませんから」

「(前略)

でもあなたはどうして黒子《くろこ》趣味になったんです？　どうしてまだ若いのに、そんなひねくれた美学がわかるようになったのかな」

「もう、若くはありませんけど……理由は簡単なの。私は不器量でしたから」

「ほほう」

「小さい時から、人に隠れているのが好きだったんです。恥ずかしい、っていうより、醜《みにく》いものは、人にあまり目立たない状態が美しい、って思ったんです。その代わり陰の方にひっそり立っていると、真ん中にいる人よりよくものが見えるでしょう」

「僕もそうして来たな。そのおかげで、人の倍も三倍も、人生楽しんで来たでしょう」

「ええ。あなたもそんなふうに生きてらしたの？　いつも、日当たりのいいとこばかり歩いていらした方のように見えますけど」

「ええ、日当たりいいとこ歩いて来ましたよ。僕、自分を日陰者《ひかげもの》だなんて思ったことないもの。同級生の誰を見たって、『ああ、あいつみたいに生きたい』なんて羨んだことない。僕、好きなように生きてるんだけど。こんな贅沢、誰もしてないんだ」

「私は始終、心が揺れてました。小さい時から『猿』とか『蟹《かに》』とか言われて生きて来たでしょう。傷つきましたし、小さい時は、なんて世の中って不公平なところだろう、って思ったんです。誰を怨《うら》んだらいいのか、誰に文句を言ったらいいのかわからないことだから、なおさら辛いのね。でもだんだん、もし完全に公平な世の中があるとしたら、うんと退屈だろう、って思うようになりました。今は、公平でなかったから自分らしくなれたんだろう、って思えるようになってます」

「夢に殉ず（上）」

イエズスの譬え話はもっと大きな意味をも含んでいるでしょう。つまり人間の世界では、私たちはしばしば反面教師というものの存在によってよくなります。大酒呑《の》みの父親を持つ子は、自分はああいうことで家庭を乱すようにはなりたくないと考えますし、母親がヒステリーだった息子は、妻に何よりも穏やかな性格を望むものです。ですから一見毒害を及ぼすような存在も、私たちには決してマイナスではないどころか、むしろ複雑な人格を育てるのになくてはならない要素だと考えていいのです。

二千年前、既に人間はこのような健康で、たくましい叡知《えいち》を備えていました。しかし戦後の民主主義は簡単にこの賢さを欠落させたのです。

またもう一つの見方も、忘れてはならないこととなっています。それは、人間は麦と違うので、毒麦と思われた人も、途中から「うまい味」のする食用の麦に変わることがあるということです。それこそ、人間が麦以上のものであるという証拠で、ただの麦には決してこういうおもしろい変化を望むことはできません。

「聖書の中の友情論」

私が口がきけないことはヘロデ王の宮殿の中では知らない者はなかったので、私は人から完全に無視されていたのだ。普通の人ならこういう状態は悔《くや》しいものなのだろうが、私はいつのまにか自分の立場を気楽に思うようになっていた。私は皆よりもずっとよく情勢を知っているにもかかわらず、人は私を眼中においていない。私は人の妬《ねた》みも受けず、敵対視されることもない。私は何という不思議な安らかさを手にしていたのだろう。

人は他人の弱点に敏感だ。弱点を露呈《ろてい》している利害関係のない者に対しては、人は多くの場合積極的な攻撃に出ることもないし、弱点を持つ人間の才能に対しても嫉妬《しっと》を抱《いだ》かない。もし私が、耳が聞え人並みに口も利ける楽人として王の傍に在《あ》るのだったら、私は命を狙《ねら》われるほどの危険な立場に何度も立たせられたことだろう。

「狂王ヘロデ」

5　人はみな、迷いがあっていい

不透明な状況は恐れるべきことではない

国際的な事件のすべてに裏がある、と反射的に疑うことは人間として義務に近いと私は思っているが、同時に多くの場合、真実は解明されないのだから、そのどれかの説を信じることはまた人間の義務に反する。

おそらく人間の直面しなければならない現実を勇気を持って受け止める、ということは、疑うことを恐れず、軽々しく信じることもせず、不透明な社会を不透明なまま認識する、というその居心地悪さに耐えることなのだろう、とこの頃思うようになった。

「至福の境地」

私は日本語版の「ニューズウィーク」の定期購読者なのだが、中でも「パースペクティヴズ」という世界の有名人の発言を抜き出したページを愛読している。今週はブッシュとゴアの言葉が載《の》せられている。ブッシュのは「私は一つの党ではなく、一つの国に仕《つか》えるために選ばれたのです」というものだ。ゴアは「戦うべきときには全力を尽《つ》くして戦い、それが終わったら心を一つにして団結する。それがアメリカだ」と言っている。

どちらもまあ体裁のいいことを言うものだ。アメリカ的公式見解というものはそういうものなのだろうが、全く幼稚でつまらない。私だけでなく、シェークスピアでも、バーナード・ショウでも、およそ文筆に携《たずさ》わる者なら、この言葉を聞いたら、顔をしかめるか、笑うかするだろう。おきれいごとは、創作の世界では全く通用しないのである。

「覇権《はけん》国家になろうとした国は、歴史上数えきれないほどある。そうした国がどうなったかは、周知の事実だ」

というのはプーチン大統領の言葉だそうだ。覇権主義を取るだけの力を失わなければ、人はこういう賢《かし》こげなことを言わない。

「この選挙には、いつまでも不透明さがつきまとうだろう」とフランスのジョスパン首相は言った。不透明な歴史に耐えるのが、私は人間の良心だと考えている。フランス文学は、不透明の人生を描《えが》いて傑出《けっしゅつ》していた。世界中が幼児化しているように見える。

「至福の境地」

幼児性はオール・オア・ナッシング（すべてか無か）なのである。その中間のあいまいな部分の存在の意義を認めない。あるいは、差別をする人とされる人に分ける。しかしあらゆる人が、家柄、出身、姻戚《いんせき》関係、財産、能力、学歴、その他の要素をもとに、差別をされる立場とする立場を、時間的にくり返して生きているのである。ただこの世ですべての人が、それぞれの立場で必要で大切な存在だということがわかる時にだけ、人間は差別の感情などを超《こ》えるのである。

平和は善人の間には生まれない、とあるカトリックの司祭が説教の時に語った。しかし悪人の間には平和が可能だという。それは人間が自分の中に十分に悪の部分を認識した時だけ、謙虚にもなり、相手の心も読め、用心をし、簡単には怒らずとがめず、結果として辛うじて平和が保たれる、という図式になるからだろう。つまり、そのような不純さの中で、初めて人間は幼児ではなく、真の大人になるのだが、日本人はそういう教育を全く行ってこなかったのである。

「哀しさ優しさ香しさ」

「様子を聞くと、王は張り切っておられるのだな」

アキャブはしばらくすると冷たい口調で言った。

「そのようにお見受けします」

「情熱を傾《かたむ》けて駒《こま》を動かしておられる」

アキャブは呟《つぶや》いた。

「思いのままだ。王は天性の勝負師でもあられる。ただ、人間は駒では済まない」

アキャブはそう言ってから、付け加えた。

「しかし王が何一つされなかったらいいか、というとそうでもなかろう。人は、そうだ、何かつむじ風のようなものに巻き込まれて、あたふたとしている方が、まだしも耐《た》え易《やす》い、ということはあるな」

「狂王ヘロデ」

矛盾とつきあう方法

人間は今も昔も、自分についても他人についても、それほどよくわかってはいないのである。いいだけのこともないし、悪いだけのこともないのだ。答えは出なくて当たり前、というものも多い。便利になり過ぎれば、真実の見えなくなる危険も伴う。間口を拡《ひろ》げれば手が廻らなくなる。そのあやふやさや矛盾を、世間が気付かないところに、現代の単純さともろさを恐ろしく感じるのである。

「最高に笑える人生」

アキャブは何も言わない。沈黙は能弁だということを私が知ったのはその時だった。今までのように黒山羊《やぎ》の皮の天幕《テント》に暮らしていた放牧の生活の間には、私はそのような矛盾に満ちた判断がこの世にあることなど知らなかったのだ。

「狂王ヘロデ」

「逸《い》っちゃん。私このごろ、別な心境になったのよ。黙ってるけど実は真心があるなんて嫌いになった。嘘でもいいから、優しい方がいいの。財産狙《ねら》いでもいいから、訪ねて来てくれる方がありがたいのよ。私ね、優しい言葉がほんとうに好きになった。口先だけでもいいの」

「あんたは、それ、稔《みのる》ちゃんに当てつけて言ってるの？」

菜穂《なほ》は黙っていた。

「稔ちゃんだって、私がニューヨークに行った時、あんたへのハンドバッグ言《こと》づけて寄越《よこ》したじゃないの」

去年の冬、確かに菜穂はそれを受け取り、実の息子にていねいな礼状は出したのであった。

「でも、私は贈り物より言葉の方が好きよ」

菜穂は言った。

「根岸《ねぎし》の叔母さんに会ったら言っておいてよ。菜穂はこのごろ、すっかり呆《ぼ》けてきて、優しい言葉をかけてくれる人にころころたぶらかされるようになってます、って」

「アレキサンドリア」

二度目の湾岸戦争も、断食月の開始直前に三日間で終わった。人間の愚かさは限りない。私がイラク人だったら恐らくテレビに映《うつ》るイラク人と同じことを言い、私がアメリカ人だったらクリントン支持をテレビで表明したような気がする。人間とはそういう程度のもので、だからこそ私たちは生きていられるのであろう。

「私日記1　運命は均される」

理想に疲れることがあってもいい

体の具合はどうですか。一喜一憂《いっきいちゆう》するのは人間の性《さが》ですから当然ですが、深刻にではなく、軽く一喜一憂してください。

「陸影を見ず」

この世で、人間が他者に要求してはいけないものが三つある。

「自分を尊敬しろ」と言うことと、「人権を要求する」ことと、「自分に謝れ」と言うことと、この三つである。

これら三つは要求した瞬間から、相手に侮蔑《ぶべつ》の念を抱《いだ》かせる。尊敬に値《あたい》する人は決して「自分を尊敬しろ」とは言わないものだし、「人権」は要求して与えられるものではない。人権を要求して得るものは、金か、冷たい制度だけである。しかし愛は違う。私たちは温かく包み込むような愛を贈るべきだし、愛を与え合う存在になるべきである。

「自分に謝れ」というのも最低の行為だ。謝れと言わなければ謝らない人に謝罪させる方法は、法以外にない。口先だけでいいなら、人はすぐ謝る。しかし同時に軽侮の念が発生する。個人の関係でも国際関係でも、通常「謝れ」という時は、「金を出せ」ということなのだが、日本人にはそれがなかなかわからない。

つまり世の中はそんなに理想通りには行かないものなのだ、ということを人々が改めて確認するのが、二十一世紀というものだろう。二十世紀は、幼児的理想主義がまかり通った時代だったが、二十一世紀は、円熟した大人の見方によって、いささかの悪を容認しながら、そこに不純な安定を見いだす時代になるかもしれない。

少なくとも理想先行の考え方には、私は少し疲れていたのである。

「哀しさ優しさ香しさ」

時々町を眺めていると、長編小説と短編小説が歩いているように思えることがある。大人は人生を長く生きてきたから長編である。

「安逸と危険の魅力」

「どっちもどっち」のすすめ

私はこの頃、この「まあまあですな」という言葉はなかなか意味深い表現だと思うようになった。

もちろん単に、答えを曖昧《あいまい》にする場合に使われることもあるであろう。しかし世の中には、すばらしくうまくいったことも、取り返しがつかないほどひどい失敗だったということも、普通にはめったにないのである。静かに観察すれば、うまくいった場合にもいささかの不手際は残っており、失敗した場合でも、必ずその方がよかったという面はあるのだ。

この頃、そこの家の息子さんは、お母さんに「どう、おいしい？」と料理の味を聞かれると「まあまあだね」と答えるようになったと言って、友人は笑っていた。しかしこれも、私に言わせるといい言葉である。

もし息子が、「すごくおいしいよ」と言えば、ほんのわずかだが、むしろ水臭いものを感じる。どんなお料理だって、これが最高ということは、ほんとうはあり得ないのだ。だから「まあまあ」というランクづけはかなりの褒《ほ》め言葉だと言ってもいい。

料理だけでなく、これで最高と思ったら進歩が失われる。反対に「これはひどい失策だ」などとけなされれば、かなりの心の傷を負って元気を失ってしまうだろう。

「まあまあ」は本質的に優しい言葉だ。労《いたわ》りも励ましもある。

「至福の境地」

失敗というものはすべて初歩的なものだ、と誰かが言った。高級な失敗などというものはほとんどあり得ないのである。

「陸影を見ず」

思えば陸上の生活というのは、何という豊富な光景に満ちているんだろう。海の生活の辛《つら》さは、人間が欠けていることだ。だから人間の波に溺《おぼ》れる陸上の暮らしの豊かさに対しては報《むく》いなければならない、と思うけれど、反面、ここでは、あなたたちの見られない率直な地球の顔色が見られる。囁《ささや》きも聞ける。朝日、夕陽、星空、その壮麗さはたとえようもない。魂を売り渡したくなるほどだ。

陸の人間臭とどっちがいいのかな。両方を取る、ということは、私たちには運命的にできないことなのだから、諦《あきら》めて、それぞれの性格が、どちらを少しでも好きか、ということで決めるほかはないですね。

「陸影を見ず」

「私」も「人」も迷いがあるから尊重しあえる

私たちは、どんな相手に対しても、私たちとは違う暮らしをしているのだから、自分が好きなものを相手もそれを評価するだろう、と思う癖《くせ》だけはやめなければならない。相手は一体どういう暮らしをしていて、何を好むのか、というくらいの迷いは持ってしかるべきだろうと思う。

「生きるための闘い」

もし問題を解決しようとするなら、われわれはまずすべての事象を正視することだ。それを妨《さまた》げているのは、すべての個人は同じ能力を持つ、という信仰と、すべての現象はまず道徳的に取り上げ、しかもいいことか悪いことかの黒白をつけねばならない、という幼稚な正義感である。

人は同じような状況を与えられても、決して同じ結果を生まない。仲の悪い夫婦の間に生まれた子供は犯罪を犯しやすい、という前提があり、犯罪を犯した若者はしばしばそれを歪《ゆが》んだ家庭のせいにするが、私のようにいびつな家庭に育った体験者は、それがいかに一面の真理でしかないかということを知っている。Aにとっての真実は、Bにとっての真実には、必ずしもなりえないのだ。しかしだからと言ってBは、Aが全く虚偽《きょぎ》の理由づけをしているとも言えない。

人間というものは個体によって薬の効《き》きが違うように、反応もまちまちなのだ。

「最高に笑える人生」

何にでも対応できるという機械を作ったからIT産業は壊滅《かいめつ》の方向に向かった。何にでも対応するということは、何一つまともに対応しないということを、電機屋さんたちは知らなかったからである。

過去に売れた商品は、一つの目的だけで売れた。洗濯をする、掃除をする、冷たく保つ、などそれだけである。

まず洗濯機でジャガイモを洗う人が出て、私を感心させた。（中略）

マリリン・モンローは、暑い夏の夜に冷蔵庫でパンティーを冷やす場面に出演して、かわいい女のイメージを強烈に印象づけた。冷蔵庫の使い方としては、これ以上の画期的なものはまだ出ていない。

使う方が工夫すべきなのだ。昔うちで買ったエアコンで、「おやすみ」「ひかえめ」「ぱわふる」などというあいまいな言葉を使ったモデルがある。冷房の温度などというものは、その人の生理そのものだ。何が控《ひか》えめなのか、何度で寝るのがその人にとって一番気持ちと健康にいいのか、電気メーカーなどにわかるわけはないのだ。

「生きるための闘い」

私たち夫婦は、あまり似ているとは言えないが、いくつかの点では一致していた。人がゴルフをやる時はゴルフをやらなかった。軽井沢《かるいざわ》に別荘を買う人が多かった頃、海辺へ逃げ出した。バブルの時にも投機的なことは、何一つしなかった。そうしたくだらない抵抗には、自分は自分という立場を保とう、という姿勢をできれば維持しようということだった。

人よりぜいたくをする面も当然あるだろう。しかし人より質素な面もあって当たり前だ。人が欲しがるものと、私が欲しいものとは、違うのが当たり前なのである。


「至福の境地」


「迷わなくて済む、とあんたは言われたが、迷わないと、やっぱりいいとお思いですかね」

「私じゃない。あんた方がお迷いになりたくないんでしょう」

「私は迷わない方がいいわ」

永峰恭子《ながみねきようこ》は言った。

「私はいつも、どうしていいかわからないんですもの」

「よく世の中には、道徳性などというものはおかしなものだ、拒否してしまえ、とおっしゃる方があるけれど、拒否だけなら誰にでもできる。むしろむずかしいのは、それならどのような非道徳にどのような意味があるか、ということだ。無目的なもの、というのは、芸術家が粋《いき》がるほど、おもしろいもんでも美的なものでもない。世間の効用には役立たなくていい。しかし、そこにはそうある姿の必然について魂との対決がなけりゃおもしろくない。恐らく皆さん方がお望みになることは、めいめいがそのような結論に達し得るかどうかだと思う」

「私は一介《いっかい》の自転車屋です。私ら一人一人は別にどんなふうに生きてもいいんだとは思うんだけどね」

「テニス・コート」

明るい黒木《くろき》さんだって、やはりもうこんな痛みと付き合うのはいやだ、とヤケを起こされる時も多分おありだと思います。ヤケを起こして当然、自然です。でもその時、カトリック信者だったら、この痛みを神の十字架の苦しみの「分け前」として担《にな》う、ということを心の中に意識されるでしょう。だからと言って、その任務を承認できる日もあれば、できない日もありますでしょうが……。

先日、朱門《しゆもん》が突然、「年取ったって、ひがむことはないよなぁ。悪いことをしたわけじゃないんだから」と妙に実感のあることを申しておりました。私たちの誰もが、人生の最後に肉体の苦しみを知り、自分の能力が失われて行く不法を体験し、それによって他人の受ける苦悩を自分のものとして受け止め、さらに不満の持って行きどころのない苦痛を主に捧《ささ》げるという目的を与えて頂くという仕組みは、ほんとうによくできたものですし、確実に大きな救いを残しています。

「湯布院の月」

私は自分が今の自分と大きく変わった精神状態で生き続けるのがいやなのである。そうでない人もいて構《かま》わないが、それが私の好みの結果の選択なのである。今の自分がすばらしいと思っているからではない。誰もが七癖どころか七十癖くらいあって、たいていの家族はそれをおもしろがってもいるが、時々はそれに困らされてもいる。しかしとにかくそれが「私」なのだ。

「最高に笑える人生」

決断のときはいつか

小説家の取材は、使わなくても使っても、常にできるだけ周辺のものを取り入れなければならない。

「それぞれの山頂物語」

翔は何でも即答を避ける性格であった。父とぶつかった時、すぐ家を飛び出たように朱美《あけみ》は言うが、正確に時間の経過を追ってみれば、決してそんなことはないのである。葉子を好きになってから、一年近くもの間も、その時と同じように、翔はずっと考えていたのである。

それは人生で何を取り、何を捨てるかの選択の問題であった。人生はいつも順位づけで考えねばならないところであった。

健康と、金と、地位と、名誉と、愛と、自由と……これらは実に通俗的な分類だが、簡単でよくわかる分け方である。健康は別として、それらは往々にして一度に並列して手に入れることがむずかしいものであった。普通、地位のある人には、名誉も金もくっついて来るようにも見えるが、名誉は崩《くず》れ易《やす》いし、金を摑《つか》むなら、他の手段の方が的確かもしれない。その上、地位のある人はほとんどの場合、明らかに自由が阻害《そがい》されている。

健康は、先天的に与えられるかどうかだから、翔は愛と自由を選んだのであった。翔にとっては、その二つこそ生きるに値する人生の香気だと思えたからであった。もちろん、過程においての愛の挫折、生活の実態が阻《はば》む自由の制限があることを考えなかったわけではない。しかし優先するものを、翔は覚悟して決めたのであった。

「夢に殉ず（上）」

若い頃、よくインタビューを受けて、奥さん業と作家としての仕事を、どう両立させていますか、と聞かれた。先方は教訓になるような立派な答えを期待したらしいが、私にすれば、毎日毎日、大慌《あわ》てで、差し当たりしなければならないことだけを、やっとこさ間に合わせて生きているというのが実感だったから、「どうにか今日一日が過ぎればいいんです」と答えていた。もっと正確に言えば、一刻一刻に、どれを優先させなければならないかその順位を考えて、その力関係で動いていた、というだけのことなのである。

「悲しくて明るい場所」


「うちでは、主人が時々、変なことを言うんです」

「何て？」

「私に感謝するみたいなことを。いえ、姑を預かっていてくれるので、煽《おだ》てるみたいなことを言うんです」

「感謝しておられるんでしょう」

「単純ですわね。そんなに簡単に喜んでいいことかどうかわからないんですよ」

「しかし少なくとも、女房が自分の母親と喧嘩《けんか》するよりは、穏《おだ》やかな方がたすかりますよ」

「主人はその日暮しなんです。先のことより、その日一日楽な方に走るんです」

「誰だってそうでしょう」

「テニス・コート」

6 本能が磨《みが》かれるとき

「自分らしさ」を貫《つらぬ》くための選択をする勇気

他人の死は重く考えるべきだが、自分の死はやや軽く考えられるように、普段から私は自分を仕向けておきたいと願って来た。

ところが、自分の生は軽く考えたい、というと、人はすぐ戦争のことにふれていきり立つ。あれほどの人命が犠牲になることが何でもなかった時代にまた戻そうというのですか、と怒る。確かにあの頃「身を鴻毛《こうもう》の軽き」になぞらえる表現があった。しかし私は、人と自分の生は違って考えたい、と言っているのである。他人の生は重く、自分のに限って軽く考えたい、と言っているだけなのである。

これは当世のものの考え方とはかなり違うらしい。しかし私は集団でものを考えることがあまり好きではない。国家が思想統制をすると言って早めに怒る人でも、組合の共闘方針にはおとなしく従う人が多い。国家の思想統制にはすぐアレルギー反応を起こす人でも、村の個人生活が村の論理でしばられることに対して立ち上がろうという人は極めて少ない。私はどれも困る。

そしてどちらが人間の自由を現実に奪《うば》う率が多いかというと、村の論理や組合からの指令の方が大きい、と思うのだが、それらには従順な人が多い。

しかし私は人の常識に対しては、最大限の譲歩《じょうほ》をしたいと思っている。というか、それが自分の思想の深い部分に食い込んでこないことを祈りつつ、常識的な大多数の好みを優先した社会を作りたい。しかし、その中でもなお、自分の自由になる生き方の好みは失いたくないし、失わずにいられるような気もするのである。

このような選択は、自分以外の誰にも強《し》いることはできない。そのことについて話し合えるのは配偶者くらいのものであって、娘にも息子にも強制すべきものではない。

それは密《ひそ》かな個人の「覚悟」であり、「選択」であり、「好み」であればいいだけであって、家族にも及ぼすべきものではない。その意味で、私が旧家に生まれなかったのは、実に幸いであった。

「二十一世紀への手紙」

時の権力者に媚《こ》びへつらったり卑下《ひげ》したりせず、他人の顔色を窺《うかが》うことなく、発言が事態を正常にする可能性がある時には、言葉を控えてはならない。自分が間違ったと思ったら、皆の前で堂々とそれを言え。愚か者にも、権力者にも屈《くっ》してはならない。そして死に至るまで真理のために戦え、というのだ。

「アレキサンドリア」

「犬橇《いぬぞり》のレースよ。長く長く走る。千マイル以上も走る。世界で一番長い犬橇のレースだよ。レースの途中や終った後で、よく犬が死ぬくらい、きついレースだ」
「かわいそうに、そんなに走らされて……」
「そんなことないよ。犬だって走りたいんだ。犬だって人だって、したいことをして死んだらいいことだよ。この世は、そういうところではないか?」

「極北の光」

私は働くことを、働かされる、と受身で感じる老人にだけはなりたくない。死ぬ日まで老人としてお役に立てる健康を望み、それが可能になる社会を逆に作ってほしいと願っている。私は幾つになっても人生を能動形でとらえ、他人のために最後の働きをさせて頂くことを光栄と思いたいのである。それが私にとっての幸福の形だからだ。そして私と似た考えの人が少数でもいるなら、そのような考え方の人の好みも、また生かして頂きたいと思う。

「狸の幸福」

勇気はお金の使いかた、冠婚葬祭のやりかたにも役立つ

勇気というものはだから戦争の時に役立つものではなく、平時に必要な徳と同じものなのである。だから子供の躾《しつけ》だけでなく、お金の使い方、冠婚葬祭のやり方すべてにほんの少しの勇気があれば、自分らしいやり方ができる。

近頃ジミ婚が流行《はや》っているらしいが、うちの家族もジミ葬が好きで、私たち夫婦

の親たち三人のお葬式は、ほんとうに世間にひた隠しに隠してやった。でも故人が心から愛した人たちは――それはどの場合でも二十人くらいだったが――皆平服で出席してくれた。それは言葉を変えれば、義理で来る人には一人も出席してもらわなくて済んだ、ということであった。

今は忙しい時代なのだ。八十、九十まで長生きして、自分の家で穏《おだ》やかに「老《ろう》衰《すい》」のように亡くなった親たちには、社会的な晴れがましさなどもういらない。子供たちやその配偶者や孫や友人など大切な人たち総《すべ》てに囲まれて、このうえなく温かいお葬式ができたのも、つまり流行に乗らずに「うちはうち」を通したからである。何もかも払っても、百万円にはほど遠い葬儀の費用であった。

「自分の顔、相手の顔」

同じスローガンを書いたたすきや鉢《はち》巻きをしてデモとかストとかに参加している人を見ると、どうしてあんな個性のないことができるのだろう、と不思議に思うことは前々からであった。鉢巻きをして「ガンバロウ！」などと拳《こぶし》を突き出すことを要求される現場に居合わせたら、私一人は何もしないで抵抗する。しかし、自分の言葉でスローガンを書き、自分の服でデモに参加する人は好きだ。

身の危険を感じない範囲で、自分の意見を述べるいささかの勇気さえもない人に、ほんとうは自由を要求する資格などない。すべてのものは、代価を払って受ける。自由もただではない。

「自分の顔、相手の顔」

亜季子は秘《ひそ》かに日本に帰って来た。

乗る飛行機の便も、東京で泊まる最初の夜の宿も、誰にも教えなかった。別に離婚を恥だと思っているのではない。しかし派手に帰国する必要もないことであった。いい時も悪い時も、亜季子はあまり物音を立てずに行動するのが好きであった。すべてのことの結果を自分一人でしっかりと引き受け、決して人のせいにせず、ひっそりと生きていれば、そのうちに自分らしい安定した地点が見つけられる。自分を知る人は自分しかなく、行動を決められるのも自分しかないはずであった。

「燃えさかる薪」

お前は人道的でない、と非難された場合、どうしたらいいのか、ということが残っているが、私の場合、その質問には比較的簡単に答えられる。仕方がないから非難を受けっ放しにしておくのである。弁明したところでそういう人は思い直すこともないだろうし、何のためによく思って貰《もら》わねばならないかも——おもしろいことだが——よく考えてみればみるほどわからなくなって来る。どう言い訳しても、それで私が変わるわけではない。

「悲しくて明るい場所」

時代に惑《まど》わされず、「生き抜く力」をつける

私は闘鶏《とうけい》にだけは正真正銘、天才的な眼（？）があった。（中略）私はたった二回しか賭《か》けなかったのだが、二回とも当てたのである。

私の選択の要点は簡単なものだった。私は痩《や》せて、皮膚病で、みすぼらしく毛が抜けていて、体力の全くなさそうな方に賭けたのである。つまり負けて胸や腿《もも》を相手のナイフで引き裂かれた方の鶏は、どちらも肉づきと毛色がよく、体力のありそうな鶏であった。

鶏だって運命を少しは予想するだろう、と私は思ったのである。今までろくな餌《えさ》も食べさせられず、痩せて飛び上がる力さえなさそうな鶏は、もしここで死んだら、現世でろくなことはなかったのだから、死んでも死にきれない思いになるだろう。だから死に物狂いで闘うだろう、と私は感じたのである。そして現実には痩せた鶏の方が高く飛び上がって、蹴爪《けづめ》のナイフを有利に使って、体の重い相手を刺せたのである。

それは多分小説家の過剰な感情移入だったかもしれない。しかしいずれも勝って生き延びたのは、人生ならぬ鶏生を、追い詰められながらやっと生きているように見える方だった。人間にもそういう力がある。今日本人に全く欠けているのは、貧しさから来る、死に物狂いの力なのである。

「それぞれの山頂物語」

プロテアには実にたくさんの種類があって、私には学名も俗名も覚え切れない。(中略)正直なところ名前なんか何でもいいので、美しく咲いてくれればいい。分厚い常緑の葉に、直径二十センチに近い大きな真っ赤な花が、太陽に向かって二十輪から三十輪くらい着く。しかも一ヵ月位咲き続けている。

数年前南アフリカに行って、国花がプロテアであることを知った。南アの人に「うちの庭にはプロテアがあってみごとに咲いています」と言ったら「嘘でしょう、北半球に咲くはずはないわ」と信じない人もいた。それで仕方なく証拠写真を送った。国際親善は手がかかる。

ケープタウンを訪れた時は感動した。生きて喜望峰《きぼうほう》を見られるとは思っていなかったのである。あたりは冷たい強風に吹きさらされ、植物は岩にはいつくばって北海道北部のエゾマツ・トドマツの海岸を見るようだった。その身を伏せたような植物の多くがプロテアの仲間だった。

今、私は庭をプロテアだらけにしようとしている。（中略）プロテアは野生の花だ。比類なく丈夫である。虫にも風にも病気にも強い。そして暑さにも乾燥にも寒さにも耐える。

そうだ。植物にもディスプレースドされると死ぬものと、弱るのと、平気でそこで生き抜くのとがいる。そして私は生き抜く植物を自分に見立てて、その鈍感さを愛し、理由なくヒイキにしているような気がする。

「緑の指」

※ディスプレースド……本来の場所から他の場所へ移されること

その点アフリカは日本と違うだろうと千草《ちぐさ》は思った。国のあちこちに野獣の保護区があるらしく、案内書にはしきりにシマウマや象やキリンの絵が描いてある。まさか犀《さい》やライオンが庭に現れるとは思わなかったが、蛇《へび》やマラリア蚊《か》はいるだろうか、と周囲はしきりに心配してくれるのに、千草はあまり動じなかった。そこに人間が生きて暮らしているのだから、自分だって生きていられるのだろう、と思うのである。

「父よ、岡の上の星よ」

電気釜が賢くなった分だけ、日本人はバカになり、更《さら》にその上、怠《なま》け者になった。恐ろしい状況である。試行錯誤さえしない人間には何もできない。反対に試行錯誤さえできれば、秀才でなくても、道は必ず開ける。今初めて食べたフランス料理のソースなら、どうやって作るのですか、という質問も当然だろう。しかし私たちの国では、もう長い長い年月、米を炊《た》いて来たのだ。才覚する知恵と歴史の積み重ねは、もう十分にある筈《はず》なのである。

「流行としての世紀末」

「しつこい」ことは少しも悪ではない

この話で大変おもしろいのは、友だちのところにパンを貸してもらいに行ったら、〝しつように〟頼みなさいと言っているところです。セム族の世界では、執拗《しつよう》である、しつこいということは悪ではなく、いいことなのです。これが日本なら、「いやねえ、あの人はしつこいから。いいかげんに帰ってもらおうよ」と、それだけで絶交になりかねないところです。そういう文化の違いを、聖書はよく読むとさりげなく出しています。

この場合、執拗に頼むからこそ友だちは起きてきて、そんなにうるさく言うなら、パンを持たせて早く帰ってもらおうということになるわけです。そこで、「求めなさい。そうすれば、与えられる。探しなさい、そうすれば、見つかる。門をたたきなさい、そうすれば、開かれる。」ということになるのです。

今はセム族のことだけを申しあげましたが、おそらく、日本に似たような心情の土地でなければ、しつこいということは少しも悪ではないのです。しつこさだけが力だという民族は世界中にたくさんいます。そういうところに行って、われわれが商業をしたり暮らしたりするときには、この部分を社会学として思い出してみるのもいいかもしれません。

「現代に生きる聖書」

日本人の好きな、人権という言葉と、正義の観念は、こうした場合、どのようにすり合わせをしたらいいのか。「一人の人間の命は地球よりも重い」というのは、文学的表現であって、現実には十人の命を救うために一人を犠牲にするのが常識だ。

しかし、あくまで一人をも見捨てない理想論を貫くなら、ゲリラの商売は今後どんどん繁盛する。私たちはそれに間違いなく加担したのである。反対に正義を通すなら、誘拐《ゆうかい》犯には一円も出すべきではない。それは、自分が見捨てられ殺されることと、愛する者を殺されても暴力には屈しないことを、普段から覚悟することだ。

と言うと「そんなことには、めったになりませんよ」と日本人は言う。めったにないことを考えるのが、人間と動物とが違うところだし、国家としては危機管理の問題なのである。

「哀しさ優しさ香しさ」


「俺はここのところ、大変よく祈れるんだ」

「何を祈るんです？」

「そうさなあ」

池尾《いけお》は隠し女のことでも訊《き》かれたような嬉《うれ》しそうな表情を見せた。

「まあな、強いて言えばこの小さな生を完《まっと》うさせて下さい、というような祈りさ。しかしそれは天下一品強欲な祈りということになってるんだがね」

「しかし池尾さんは、そんなことが欲しかったんじゃないでしょ。あんたは勇気を望んでたんじゃなかったの？」

「阿呆《あほう》」

池尾は西《にし》の肩を叩いた。

「それが勇気よ。あんた、自転車屋ならわかるだろう。競輪みたいに早く走るのばかりが大変なんじゃないよ。ゆっくり乗るのもひどくむずかしいんだ」

「テニス・コート」

愛とは、「何を思うか」ではなく、「何をするか」「何をしたか」にある

先日、ある所で、一人のカトリックの神父から、おもしろい話を聞いた。

その神父は自分の教会の寝たきりの信者たちのところへ、時々、聖体と呼ばれるパンを持って行く。そういう病人の一人は、八十何歳かの老人だった。その人は四十代に脳内出血で倒《たお》れ、それ以来、寝たきりであった。そしてその人を自宅で四十数年看取《み》って来たのが、その奥さんだったのである。

神父は「じいちゃん」を見舞う度に、ベッドの傍で、「ばあちゃん」が「じいちゃん」の悪口を言うのを、そうだろう、そうだろう、と相槌《あいづち》をうって聞いていた。三百六十五日、二十四時間、面倒を見ていれば、ばあちゃんのストレスもたまって

いる。じいちゃんに対する文句もたくさん出てくる。それを神父は決してたしなめたりせず、そうだろう、そうだろう、「じいちゃん」が悪い、と賛同してきた。すると「ばあちゃん」はちっとは心が晴れて、また看病をする元気が湧《わ》いてくる。

その「じいちゃん」が亡くなった。「ばあちゃん」の一生を捧《ささ》げた看護の生活も終わった。神父は葬式の司会をした。

(中略)

しかし私はこの話にほんとうに打たれた。一日や二日、一月や二月なら、人間はどれだけでも勤まる。しかしこの老婦人は、四十数年間、夫の看病を独りで背負い、その偉業をなし遂《と》げたのである。

「それぞれの山頂物語」

死の前に、人間は他人を許さねばならない。憎しみを持ったまま死んではならない。それは相手のためではない。自分のためなのである。

許すことには、時間もお金もかからない。だから簡単なようだが、それが一番むずかしい。しかしいと高き主と、私たちは契約、ディアセーケー、つまり「約束」を結んだのだ。人を許しますと。

「アレキサンドリア」

私の母は福井県《ふくい》の三国《みくに》という港町の生まれです。そのため、幼い頃から母は、口のところに藁《わら》のようなものを通して何尾かを束《たば》ねて安く売っているカレイを、当たり前のように食べて育ったのです。その母が年老《お》いてだんだんボケだしたころ、私はよくそのカレイを母に買って来ました。そのころ、すでにかなり高価になっていて、いいものは一尾で数百円もしていたのですが、母のために無理して買っていたのです。するとある日、母が言うのです。「私はカレイなんかは生まれたときから好きじゃなかったんだから」と。私は腰を抜かすほど驚き、そして腹が立ちました。こんなに高いものを買ってきたのに、生まれたときから好きじゃないんだから、とは何ごとだ、と思ったのです。

しかし、そのときにふと、パウロは違うのだろうなと思いました。つまり私はそのとき、「そうだったね。お母さんは生まれたときからこれは好きじゃなかったのに、それを忘れちゃって、ごめんなさい」と言うべきだったのです。母の心を得るために。

「現代に生きる聖書」

忍耐強いことは、愛に必要不可欠な条件の一つ

「うちでも、円《まどか》に嫁をもらうようなことがあったら、こういう短命な血統のあるうちと縁組するのだけはやめた方がいいな」

さすがに私は、その瞬間、返事の言葉が見つかりませんでした。私の心の中には、さまざまな雑多な思いが吹き荒れました。

円にそんな優しい人が現れるのでしょうか。そして円も、そういう人に対して優しく男としての生活ができるのでしょうか。

それは夢のような希望でしかありませんが、もしそういう人が現れてくれたら、

私はどんなに感謝するでしょう。その人がどんな人であっても構わない。一つ眼でも三つ眼でも構いません。私は彼女を受け入れ、彼女が幸福になることを私の生涯の仕事にするでしょう。世間の評判などものの数でもありません。

その人の家系に、もし長生きできないような遺伝があっても、円が好きになった人なら、私はどんな運命も、喜んでそのまま受け入れますでしょう。その宿命と闘って、彼女を一年でも二年でも長生きさせるという闘いほど、目標がはっきりしていて楽しいものはないからです。そんな確固とした目的を持って生きていられる人など、普通世間にはないからです。

主人は、人生の半ばを越しても、まだそんな気の毒な選択をしていたのでした。心身共に優秀だと信じている人は、恐怖を覚えることと拒否することを知っているだけで、本当にこの世を楽しむ方法を知らないのではないでしょうか。

「ブリューゲルの家族」


光子が離れているからこそ穏やかな生活を続けていられる人がたくさんいること

を光子は知っていた。松田家がそうだったし、会田《あいだ》夫婦もそうだった。遭難する前の青木俊一《あおきしゅんいち》の結婚生活も、光子が遠くにいて、その家庭を乱さなかったからよかったのであった。

その最後の人が、ステファノと呼ばれる修道士の川上寛《ひろし》だった。川上とは離れて暮らすことが、川上に対する「愛」なのだ、と光子は納得できた。それが川上の生涯を完成させることだからだった。自分が黙って遠ざかっていることが、相手の幸福を傷つけないことだという点では、川上に対する誠実も、「慎吾《しんご》」に幸福を願う気持ちも、全く同じ形を取っていた。

「極北の光」

「人に冷たいこと、って大切なんだよ。あったかい人はいいみたいだけど、人を困らせるようなことを平気でする。我々は冷たさを充分に学ぶべきなんだけど、それが適度にできる人って少ないんだよ」

「夢に殉ず（上）」

人権は権利かもしれないが、愛は受ける方から要求すべきことでも権利でもない。あくまで与える側の、全人生を賭《か》けた自由で豊かで楽しい裁量と選択の結果である。

パウロはそのすぐ後の部分で、さらに恐ろしい定義を示す。

「愛は忍耐強い。愛は情深い。ねたまない。愛は自慢せず、高ぶらない。礼を失せず、自分の利益を求めず、いらだたず、恨《うら》みを抱かない。不義を喜ばず、真実を喜ぶ。すべてを忍び、すべてを信じ、すべてを望み、すべてに耐える」

組織をいくら変えても、愛は発生しない。愛は能動形で初めて発生するもので、人に命令されたり要求される受動形では生まれない。

「哀しさ優しさ香しさ」

体裁《ていさい》のいいこともまた、隠しておくこと

人間は本質的に、巷《ちまた》から、遠く、秘かに、知られずに暮らしている部分を残し

ていなければならない。いつも人々の注目の中で賑々《にぎにぎ》しく暮らすことは、それだけで、自由を喪失している証拠である。

旅行するというだけでたくさんの人から餞別《せんべつ》をもらうので、行く先々でそのお返しのための土産《みやげ》を買わなければならない、という話は、今では大分少なくなったが、全くないわけではない。人口の少ない村なら、秘密にどこかへ行くということも不可能かもしれないが、翔の住んでいる程度の町なら、よほどのことでない限り、人間は黙っていれば誰にも知られずに行動することが可能なのである。

体裁の悪いことを隠しておく、という本能は誰にでもある。しかし体裁のいいこともまた、隠しておく方が人間がかぐわしくなるものである。

「夢に殉ず（上）」

大体、知らないことを知っているふりをする人は多いが、知っていることを知らない顔をするのは、達人の領域である。

「生きるための闘い」

私がもう一つ、若い時から恐れたものがある。それは人を理解している、と思うことであった。

その思いは私が後年作家になって、インタビューを受けるようになった時、いっそう深くなった。私の話の仕方が下手なのが主な理由なのだが、それでも、正確に書かれていると思うことは、十回に一回もなかった。

しかしこれは、考えてみれば当然なのである。私は相手に必要なことを説明していないのだ。それは私の口数が少ないからではない。私はけっこうお喋りなのだが、つまり頭の整理が悪くて要点を喋っていないのである。

その結果、人のことをいかにも知ったかぶりに、あの時あの人はああだった、こう言ったと書く人のことも私は嫌いになった。冗談ならともかく、夫婦でもなく親子でもない人のことなど、いかに親友でも書けるわけがないのである。いや、もしかすると、夫婦でも親子でも、ほんとうにわかっていることなどないのだろうと思う。人はもしかすると自分のことさえ明瞭《めいりょう》ではない、だから作家は一生かかって、自分の発見のために悪戦苦闘して書き続けるのである。

人が結婚したり、離婚したりして、その人が少し世間に名を知られた人だったりすると、その知人だったり、友人だったりする私のところへも、マスコミはよくその人についての印象を聞きに来た。そういうことに対して、私は今まで答えたことがない、それでもさらにしつこく聞かれたりすると、私はほとんど純粋にイジワルな気分にさえなった。

「お話しいただけない、って、お親しいって聞いてたんですがね」

相手はそんなふうにねじ込んで来る。その場合答えは二つである。取り敢《あ》えず親しくない、と言っておくのが一つの方法。それから極めて私らしい根性の悪さを示した答えがもう一つの方法。

根性の悪い答えの方は次のようになる。

「ええ、かなりよく知ってますから、答えないんです」

「どうしてですか」

「私は知っている人のことは、礼儀として一切言わないことにしているんです」

知らない人のことは言いようがないのだから、これはつまりいかなる人についても、何も言わないということだ。めちゃくちゃである。

自分を深めるのは学歴でも地位でもない

音楽でも深く感動する。書物でも胸が高鳴る。理由は同じである。人生を発見して、自分が深くなったような気がするからである。それは錯覚《さっかく》かもしれない。しかし自分を深めるのは、学歴でも地位でもない。どれだけ人生に感動したかである。それには子供の時から読書の習慣をつけなければいけない。今の教育はやるべきことをやっていない。

「それぞれの山頂物語」

西部劇で、悪漢が村へ入って来た時どうするか、というのは、大きな問題である。私は一人銃を取って立ち向かう、と言い切れれば体裁がいいのだが、私は昔から相手を見てものを考えることにしているのだ。

もし悪漢がすばらしい銃の遣《つか》い手でこちらが撃《う》たれること必定《ひつじょう》だったら、私は抵抗を諦めて、酒場の裏口に繋《つな》いであった馬に飛び乗って、一目散に逃げることにする。しかしまだ悪漢が村へ入って来ないうちから逃げ出すことばかり考える風潮は――戦後の日本が、人間の魂の香気を支える一つの力としての「勇気」を悪いものとして全く教えなかったからなのだろうが――やはり人間として恥ずかしいと考えることにしている。

「近ごろ好きな言葉」

「真」への到達には、勇気がいる。

しかし勇気を教えなくなってから、もう半世紀以上が経《た》ったのだから、「勇気ってなあに？」と聞く子供が出ても不思議はない。それでいて「いじめはいけない」と教えろ、と親も教師も社会も言う。勇気なくして、どうしていじめを止めることができるのだろう。

教師も親も、勇気はかつての戦場でのみ有効なものだった、と早とちりした。従って勇気などという野蛮《やばん》な感情は平和の敵だ、と考えた。だから、勇気などは「退治し放逐《ほうちく》しなければならない」ものだという結論に到達したのだろう。そして「勇気」が「真」と密接な関係にあり、さらにそのかなたには、「自由」とも確実に結びついているのだということを、多くの人は気がつかなかったのである。

「哀しさ優しさ香しさ」

簡単なことだ。家庭でも一日ずつ、普段あるものがないという体験をさせればいいのだ。それくらいの単純で強烈な教育があってもいい。

「それぞれの山頂物語」

人生は原則としては、残酷なものだ。私たちは必ず死を約束させられており、勉強したくても貧困や病気のためにできない人、家族と別れて何年も出稼ぎに出るのを余儀なくさせられる人たち、なども、どれだけいるかわからない。国民健康保険とか生活保護などというものなど聞いたこともない人たちの方が、世界には多いのだ。しかしそういう人たちは、一方で日本人が失った一族・家族ができる限り不運を背負った人を家族ごと面倒を見るという温かい人間関係も残しているのだ。

人権では人間の尊厳は守れない。人間を人間たらしめるものは、制度的な保護を整えると同時に、我々がどれだけの愛を持てるか、ということにかかっている。その愛もおきれいごとでは達成できない。必ず死を約束された有限の生である人の生涯の苦しみを十分に知り、捨てたいと思うような相手でも理性で捨てることをせず、執拗《しつよう》な利己主義と戦いつつ得られる人間としての道を確立しなければならない。

その愛を教育は教えたか、ということだ。

「哀しさ優しさ香しさ」

決められた規則にすぐ従い、疑いの心もなく、すぐ心酔《しんすい》し呑《の》まれてしまうような素直すぎる精神では、人間は社会に出て恐らく何もできない。体だけでなく、心にも適当な抵抗力、免疫力、選択力、反発力、猜疑心《さいぎしん》がいる。教育とは、そのような生体の反応を、心身につけさせることである。相手を侵《おか》さず、自分を失わず、強さと健《すこ》やかさによって、あらゆる世界の様相に耐え、許すことのできる人間を作ることなのである。

「二十一世紀への手紙」

7

どうすれば混沌《こんとん》と苦境から立ち直ることができるか

世の中には努力しても報《むく》われないことがいくらでもある

人生で望んだ方向に努力しても、世の中は自分の思う通りにはならないことだらけだ。解決するのは時間である。その「知恵」を教えてくれたのは、畑仕事であった。種を蒔《ま》いたり、木を植えたり、するだけのことをしなければ実りもないが、収穫の時期を決めるのは植物自身であって、決して人間ではない。電照菊《でんしょうぎく》とか、温室栽培とか、球根を冷蔵庫に入れるとか、最近はいろいろと品薄の時に出荷できるように人為的な処置がなされるらしいが、私のような素人園芸家にとって、それは手を入れ過ぎて秀才に仕立てられた子供みたいにおもしろくない。植物を育てるには、常に彼らが要求するだけの一定の日時がかかる。

※電照菊……人工的に光をあて花芽の形成を遅らせた菊

「緑の指」

「慎《しん》ちゃん、待つことだと思うわ」

長い沈黙に耐えられなくなったように道子は言った。

「今日よりも明日、明日よりもあさって、私たちは変るわ。そして少しでも変れば、少くとも今よりはましになって行くんでしょう」

「黎明」

台風、地震、洪水、火事、土砂崩れ、だけではない。株の相場、病気の経過、遭難事故の救出状況、など、私たちはあらゆることに対して「どうなるのか」と息を殺して待つだけで、誰も数時間後のことさえわからないのである。今の日本は平和だが、内戦などあったら、この状況がどういうふうに解決するのか、それともずっと続くのか、誰にも何も言えない。それが人間の能力の限界なのである。

「それぞれの山頂物語」

「アキャブ、政治は嫌なものですね。政治は恐ろしい兇器《きょうき》だわ。まだ動いている心臓を引き裂くような兇器に思えます」

マルタケは低い声で言った。

「おっしゃる通りです」

「あなたは、でもそれを避けて通れないのね」

「人には誰も、運命というものがございます」

「そうね。だから私はあなたに同情しないわ」

「光栄なことです。私はほんとうは弱い人間です」

「いいえ、あなたは強い方よ。運命から一歩も逃げませんでした」

アキャブは無言だった。しかし二人の立っていた空間から、アキャブの心の揺れ動くさまは、沈黙の波動のように伝わって来た。


「狂王ヘロデ」

かつて東京オリンピックのころ、「なせば成る」という言葉がはやったことがあります。本当のことを言うと、私にとってあれくらい嫌な言葉はありませんでした。人生というのは「なせば成らない」のです。それに対して、いかにわれわれがおおらかに明るく人間的に受け止めるかということが大事であって、なせば成るというくらいの思い上がりはないと思ったのです。

ここでちょっとおもしろい言葉がでてきます。「思い悩んだからといって、寿命をわずかでも延ばすことができようか」というところです。この「寿命」の原語は「ヘリキア」というのですが、これが非常に含みのある言葉なのです。ヘリキアには、「寿命」「年齢」「身長」という三つの意味があります。年齢というのは、ある職業に適した年齢ということです。寿命という言葉が、いつの日か遺伝子工学など科学の力によって無意味になる日がくるかどうかを私が言うことはできませんが、目下のところは、寿命も延ばすことができないと同様に、ある仕事に適した年齢も延ばせないという意味なのです。これはなかなか示唆《しさ》に富む言葉ではないかと思います。寿命とある仕事に適した年齢だけでなく、実際私たちは自分の意志や操作によって自分の背丈《せたけ》を一センチも伸ばしたり、縮めたりすることはできないのです。

人間は、二つに一つしか選ぶ道はない。自分がわからなかったら専門家に任せるか、それとも自ら選んだ運命に賭《か》けるか、である。

賭の要素の非常に希薄な分野はたくさんあるが、賭の要素が全くない事態など、この世に一つもないのだ。だから敢然と不運をも見込んだ将来を承認しつつ、現在のよさを取るというのも、私好みの生き方だ。

それで運がよければ最高に笑える人生が手に入るのである。

「最高に笑える人生」

精神の呼吸困難を救うもの

しかし窓辺のトマトはやはり悪くない。時々もし私が刑務所の受刑者だったら、と思う。この二本のトマトを眺《なが》めるだけで、私は森の中にいるような豊かな気分になるだろう。だから恐らく刑務所の中では、決して鉢植えなど窓辺にはおかせて貰えないだろう。それが刑罰というものなのだろうから。

このごろ、マーケットで前の人の買い物を眺めるのが楽しくなった。まさにイジワル婆《ばあ》さんの心境である。色のついたジュースにスナック菓子、インスタントうどん、出来合いのてんぷらなどという買い物を見ると、この一家は皆の心が荒れていて喧嘩っぱやいんじゃないかな、と余計なことを思う。自分の家で調理した野菜が少ないと、気が荒くなるというのはほんとうだ、と昔、福祉の仕事をしている人に聞いたのである。

暴走族や、家庭内暴力を示す少年たちの特徴は、野菜を食べず、言語が非常に貧困だということだ、という。そういう子供を預かって、次第に野菜を食べさせるようにすると、段々語彙《ごい》が増えて気持ちも落ちつくのだというからおもしろいものである。

メタリックな世界の光景は、ビルと舗装《ほそう》道路ばかりで植物がない。そういう中で生きていると精神の酸欠状態を感じる。窓辺のトマトは私には呼吸困難を救うものなのである。

「緑の指」

皆自分の身丈《みたけ》に合わせて、ものごとを解釈してるんだ。それを他人の身丈に合わせろって言われる時、胃潰瘍《かいよう》になるんだよ。

「燃えさかる薪」

不眠症は、私の場合、鬱々《うつうつ》として楽しまぬ気分を伴っていたが、その個人的な気持の影響を又外界に与えてはいけないという自制も強いのであった。私はむしろ健康だった時代よりも、他人に愛想がよくなったかもしれなかった。それは他人に優しくしようと思うからではなく、他人に愛想よくさえもできなくなるという状態が怖いからであった。

「至福　現代小人伝」

「そんなこと、嘘みたいに、聞こえる」
「それは、今日、葉子が猜疑心《さいぎしん》満々になってるからだ。猜疑心はいけないな。色眼《め》

いしい
鏡《がね》がかかって、ほんとうの色がわからなくなっちゃうから。今日はとにかくおいしいもの作って、早く寝よう。人間疲れている時に、ろくな答えはでないから。だから万事は明日にしよう」

「夢に殉ず（上）」

僕は大変おもしろい体験をしました。恐らく僕の生涯の中で、これほどの体験をすることはないと思う。それらの体験は非常に率直で単純だった。（中略）あなたも単純になって欲しいと思う。現代は複雑化を目指す時代のように思う。しかし複雑を目指すと、何一つとして、明解な目的もなくなる。これは危険な徴候です。

いい雑誌を作ろうなどということは二の次だ。なぜなら、『いい雑誌』などというのは、一体どういうものか、実は誰にもわからないでしょう。『いい』という形容詞には、すべて風評の面がある。一人の人にとって意味のある雑誌でも、他の人には退屈きわまりないものかもしれないのだから。

まず健康になってください。これは絶対で明確な目標です。健康なら、肉体労働もできる。乞食にもなれる。銀行員も勤まれば詐欺《さぎ》師としても働ける。行こうと思えば、ヒマラヤにも宇宙にも行ける。

「陸影を見ず」

三メートルしか歩けなかった人が、百メートル歩いたら、それはエベレストに登ったことと同じかもしれない。
人にはそれぞれの山頂がある。神はそれを個別に見守る役である。もし神がなかったら、百メートルしか歩けない人は死ぬまで一人前でないことになる。しかし神の評価で見ると、その人は最高の登山者なのだ。

「それぞれの山頂物語」

その時ヘロデ王は砂漠で何を見たか。私にはわかる。王は人を恐れてサマリアの近くの砂漠に逃げたから生き長らえたのだ。砂漠には最高の癒《いや》しがある。理由はたった一つだ。砂漠にも荒野にも、人は誰もいないからなのだ。砂漠の風は王など知らない、と言う。荒野の砂は貴族など見たこともない、と言う。私はそういう声の中で育ったのだから、よく知っているのだ。

その時、多くの人は、ヘロデ王は死ぬと思った。しかし彼は生きた。人間の毒気に当たらずにいるといかに厳しい荒野の中でも、体と魂は休まって来るのだ。

「狂王ヘロデ」

いい評判を取ろうと努力せず、万事とぼとぼやる

不眠症にならないこつは、何ごとも盛大にやらないことだそうです。万事とぼとぼやる。全力投球が最も体に悪い。支店の数を増やしたり、従業員をたくさん雇《やと》ったり、大臣になろうと企んだり、高額所得者になろうとしたり、勲章を貰おうとしたりすると、いつかは自分の首を締めるようなことになるって思ってるんですっ

て。さらに悪いのが、いい評判を取ろうと、努力することですって。

私たちでさえ二時間半、長く順番待ちをしている人々にとっては、何十時間目の好機かわからない。それにもかかわらず、というか、だからこそ待ちくたびれて、というか、いざとなると、あちこちで、動かない車が続出した。エンジンがかからないのと、運転手のお父ちゃんがどこかへ行ってしまって不在なのである。お母ちゃんは運転できないから、運転席には子供が座って、やたらにハンドルを動かして遊んでいる、ということになる。

動きだしたとたんに止まってしまう車もいた。タイヤも千切れる寸前という感じの中古を無理して使っているから、何かというとパンクなのである。後続の車はいっせいにぶうぶうホーンを鳴らすが、タイヤを換えないことには動けるはずがない。すると、仕方なくどこからともなくタイヤ交換の助《すけ》っ人《と》が現れるが、その人たちの頭がまたそう綿密ではないから、パンクしたタイヤの反対側にジャッキを入れて上げ始めたりしている。

そういう車の脇をどうにかすり抜ける時、私の胸にまで「人生はどうにかなるもんだ」というアラブ的発想が定着する。

「二十三階の夜」

聖書では、軽々しく誓うことを、厳重に考えるように諭《さと》している。もともと誓っても人間はなかなか守れないからだ。もし私が政治家になろうとして、私流の言葉で喋ったら、どんなに評判が悪いだろう。「さあ、やってはみますけど、人間には能力の限度もありますしねえ。運というものもありますからどうなりますか」などと答えていれば、おそらくたちどころに有権者にアイソを尽かされるだろう。しかしこの言葉は別に不正確ではないと思う。

約束できないことでも、なぜか政治家は平気で約束する。聞いている国民の方でも、多分できないだろう、などと最初からたかをくくっている人もかなり多いと思う。だからその割りには怒っていないのである。

しかし誓うことに畏怖《いふ》を感じるまともな神経を持った人々は、世界にたくさんいる。教育も金も地位もなくても、そういう人たちの方が自分を知っている、と言うべきだろう。そういう庶民たちの中には、嘘はつくけれど誓わない人もかなり多い。理由ははっきりしている。嘘は人に対してつくのだが、誓いは神に対してするのだから、恐ろしくてなかなかできないのである。

「それぞれの山頂物語」

友に対する買い被《かぶ》り、過度の信頼こそ、却《かえ》って友を見捨てることになります。

「聖書の中の友情論」

いつの頃からか、私は義理を欠くことを身を守る手段と考えるようになった。もっともそのことを、決して許さない人もいた。年賀状を出さないだけでなく、返事も書かないなどということはいかなる事情があろうと許せない、という理屈である。

六十歳を過ぎた頃から、私は家にいてお年賀を受けることもやめた。お葬式も無理して出ることをしない。結婚式はもうとうの昔に失礼することを決めた。もともと仲人《なこうど》など十年以上も前にしたのが最後で、以後したことがない。故人の追悼文、本の推薦、前書き・後書き、出版記念会、受勲祝賀会、何もかも出席を止めてしまった。それでもまだ旅に出ると、疲労がどっと出て風邪が治らない、というのは、私は実生活よりもっと怠けていたいという本心が執拗に残っているからとしか思えない。

毎年一月の末に、私は二十八年間続いてきた海外邦人宣教者活動援助後援会（通称ＪＯＭＡＳ）の年次報告を約二千通送る。もちろん手伝ってくださる方たちはいるのだが、年に一度の私の精力はそれに費やされて、年賀状までは手が回らない、という感じである。

義理を欠けない人が世の中には実に多い。欠くよりももちろん欠かない方がいい、という原則をあくまで認めた上ではあるが、義理を欠ければ、自殺もしなくて済む。病気も減るだろう。いらいらも減少するのではないかと思われる。誰に対しても謙虚な申しわけない思いを持ち続けられる。そして頂いた年賀状は、大切に幸福と感謝に包まれて読む。

人は自分の才能や能力などを、身の丈に合った使い方をして暮らしをする他はない。背伸びしても日常生活は続かないのだ。むしろほんとうは少し余力を残すくらいの方がいい。一生懸命、フル活動をしている人の挙動は往々にしてあまり美しくないのである。

「生きるための闘い」

「心の傷」に逆《さか》らわず素直に生きる

人間は「私怨《しえん》」がなければ動かない、というのが、小説家としての私の昔からの実感である。私怨は、その人の確実な私有財産である。そして小説家というものは「私」の怨みを晴らそうとして実際の犯行に走る代わりに、その情熱を創作のエネルギーとして実に上手に使ってきた人たちの集団であった。まかり間違っても私怨を公憤《こうふん》などという形で、ただで社会に返したりはせず、ずっとしぶとく自分一人で陰険に所有してきたのである。

「哀しさ優しさ香しさ」

生きることが、苦しみを一つ越して又次の苦しみへ移って行くことだという考えを、夫人は何時《いつ》の間にか一つの信条のように身につけてしまっていた。雨が降れば晴天を思って喜び、晴れれば雨を思って哭《な》く、というどこかの国の農夫の哀しい身がまえを、夫人は何よりも身近な比喩《ひゆ》として肌に感ずるのである。夫人は未来の苦しみを予想することで、僅《わず》かにそれに耐える力を蓄積しているようなところがあった。

「黎明」

いつか誰かが言っていたことがある。人間は、常に一番辛《つら》いことしか自覚しない。二つの痛む個所があると、そのうちの痛みの強い方だけを意識する。ひどい方が直ると、やっと次の痛さを感じるようになる。痛さだけでなく痒《かゆ》みもその順序に加えられる。
湿疹《しっしん》で一日中痒がっている男がいた。その男が手術を受けることになった。開腹手術だから、数晩は体位を換えて背中を掻《か》いてやることもできない。妻はひどくそのことを心配したが、麻酔や痛み止めが効いていたという理由だけでなく、男は腹部の傷が痛んでいる間中、全く痒みを感じなかった。人が耐えられないような苦しみはない、と聖書には書いてあるという。そんなものか、と妻は心に安らぎを取り戻した。

「陸影を見ず」

菜穂が離婚経験者だと知った時、山口はさらに心が近づくのを感じた。傷というのはいいものだ、と彼は前向きにそう感じそうになっていた。傷を語る時、人間は背伸びをしない。伸ばすと傷が痛むからだ。

「父よ、岡の上の星よ」

誰でもトラウマがあると言った以上、私のトラウマにも触れなければならないのだろうが、私のトラウマもたぶん人並みな程度である。両親が不仲だったので、私は毎日家で心休まる時がなかった。でもそのおかげで人の心理を読むことが少し早くなり、小説家になった。小説家なんて心はいびつな人がなるものなのである。

東京が激しい空襲を受けた時には、私は死に結びつく直撃弾が、至近距離に落ちる直前にはどういう音を立てるか知ってしまった。十三歳の時である。初めての空襲は平気だったが、二度目の激しい空襲の時は、数秒間の死の予告がいつやって来るかと恐れて、私は軽い砲弾恐怖症にかかったらしい。泣いてばかりいて口をきかなくなった私に手を焼いた、と後年母は語った。しかしそれも持ち前のいい加減さですぐ治った。

私の育った家のような庶民の家庭では、子供の心理を特に重視するような空気は全くなかったけれど、私はすべてのことを、何でもこの程度のことは普通によくあるものだろう、と考えることにして、自分だけが悲劇の主人公だと思うことは、恥ずかしいからやめよう、と考えていた。万事人並み、という感じ方はすばらしく自由で温かい感じがした。

そうやって私も自分のトラウマをどうやら切り抜けてきたのだろうが、その結果、私の心の深層の気づかないところに傷が残ったとしても、今となっては、自分自身では意識しない方が幸福だ、と認識するようになっている。精神の歪みは誰にでもあることだろう。私の友人たちは、私のいびつな心をそれなりに許してくれたし、あの戦争の頃に比べれば、心の傷の癒し方、ごまかし方も、たくさん選べるようになっている。若い人は別として、殊《こと》に私のような老年は、肉体と同様、心も死ぬまで何とか平静に近い状態を保てればいいのである。

「最高に笑える人生」

もう四十代で夫に死に別れた人もいる。中には厳しい姑《しゅうとめ》の傍《かたわ》らで、夫が唯一の防波堤だった人もいる。その夫を失った時、彼女の身辺を襲った荒波は、どれほどの激しさだったことだろう。それでも彼女は生きて来た。それが人間の当然の運命だったからだろうが、そこに私は凜《りん》とした偉大な自然さを感じるようになった。生き残った者は一人で残りの人生を全うしなければならない、という人間の使命にその人は素直であった。そして嬉しいことに、その後の彼女の後半生は決して暗くはなかったのである。

「最高に笑える人生」

「背後にあるもの」「底にあるもの」を感じること

日本人は、「背後にあるもの」も見えず、「底にあるはずのもの」も感じなくなっている。漢方薬を使ったり運動をしたりして体質を変えることなど全く考えずに、とりあえず今苦しんでいる熱や下痢を抑《おさ》えることだけを望んでいる。そういうやり方をしていると、バブルの付けが終わっても、制度を替えてみても、幼稚園の子供に対するような倫理規定を作ってみても、また次の難関が来たら、それを受けきれずに別の堕落《だらく》の仕方をするだろう。

もっとも堕落のない社会などないのだ、と言うこともできる。人は常に新しい堕落の種を見つける。だから退屈しなくて済んでいる。

「哀しさ優しさ香しさ」

私たちはその日も、その前の会合でも「人権」の確保、ないしは回復について語り合った。「人権」という言葉を直接使うか、使わないかは別にしても、つまり「人権」をどう守るか、確立するか、ということを語った。「人権」侵害に対して、「人権」を擁護すべきだということも語られた。「人権」は会議室の中に怒濤《どとう》のように流入し、あふれ返った。

委員の中にも役所側にも傍聴《ぼうちょう》の人たちにも、「人権」を守ることに関して、いささかでも反対だという人がいるとは思えなかった。その意味では、私たちは当然の話をしていたので、そこには、根本的な意見の対立も不和もなかった。しかし、私たちは「人権」を語り続けたが、「愛」についてはそれこそ、その長い会議の間にただの一言も語らなかったのである。それで私の精神は、酸欠のような状態になって奇妙な疲れ方をしたのであった。

何という不思議な会談だったのだろう。「愛」が全く不在であったのにもかかわらず、そこにいた誰もが、その状態を不思議と思わなかったことが、私にはもっと不思議であった。そして私は心の中で、もしあの会議の席で、人間関係では愛が根本です、その愛はどうしたら確保できますか、などと言ったら、いい年をして今さら何を幼稚なことを言っていると嘲笑されたか、会議の論点を混乱させてひどい迷惑をかけることになったか、どちらかだったろうから、あれはあれでよかったのだろうと、私はいつもの卑怯《ひきょう》な形で自分を納得させることにした。

愛は、語れないものなのか。法の前では、愛のような「たわけた話」は取り上げる価値がないものなのか。そしてまた愛を避け、愛なしで、法律や規制だけで、「人権」や「平等」が達成できるものなのか。

「哀しさ優しさ香しさ」

ローマのレオナルド・ダ・ビンチ空港は、最近ひどく変わってしまってよく位置関係がわからなくなったのだが、昔は、私たちのような大きな団体がチェックインするために手間取っている間に、よく空港のチャペルでミサを上げたものであった。

すると通りがかりの人たちも入れ代わり立ち代わりやって来て、祈っていく。人生も旅も危険と紙一重で、いつどんなことがあるかわからないから、常に神に祈って、いつ死んでもいいように心の清算をしておくのだろう。

「アカペラ」という歌い方を、私などは昔意味も知らず「垢《あか》」か「赤」とペラという音を結びつけたものだと思っていたが、「ア・カペラ」というのは「教会で」ということで、つまり無伴奏で歌うことだということをイタリアに行くようになってやっとわかった。

さんざん待たされている時は、私も日本人らしくいらいらしている。日本ではこんな非能率はないから、日本の経済も生産性も決して捨てたもんじゃないぞ、などと鬱憤《うっぷん》ばらしに考えている。

しかし思いなおしてみると、非能率で待つという時間がやたらにあるからこそ、こういう光景が見えるのだ。シナゴーグに行って、祈る暇もあるのかもしれない。祈りがないと、人間は人間性を失う。待つ時間がないと、ものを考えなくなるだろう。
※シナゴーグ……ユダヤ教の会堂、または礼拝のための集会

「至福の境地」

私たちのグループの中に、全盲のご主人とその奥さんが同伴で参加されている方があった。年代は大体私たち夫婦くらいであった。

その奥さんの方が、やはりこのちょっと侘《わび》しげなウェイトレスに目を留めて「何というきれいな肌でしょう」と言われたのだそうだ。日本の東北や北陸の女性の肌の美しさは世界一だと思っていたが、やはり上には上があるのだ。

しばらくすると、その奥さんは給仕に来たそのウェイトレスに何か言った。英語を話される方ではないから、堂々と日本語で語りかけられたのだろう。するとその言葉を理解するはずもないのに、ウェイトレスはちょっと頰《ほお》を赤らめた。今どきの日本には、頰を赤らめる娘などいなくなってしまった。感動もないし、第一あのガングロ化粧では、顔を赤らめてもわからないだろう。

次の瞬間、その奥さんは盲人のご主人の手に自分の手を添《そ》えて、そのウェイトレスの頰にそっと触らせた。娘は恥ずかしがりながら、じっとするがままにさせていた。

旅の最中、この、眼の見えないご主人と手を組むことになったボランティアたちは、できる限りの説明をした。私の任務も「できの悪い実況中継」をすることだったが、どんな説明もこの夫人の心配りには叶《かな》わなかった。
夫人は娘さんに「あなたはほんとにきれいねえ」と日本語でいい、娘にはそれがわかったのだ。だから彼女は頬を染めた。
次に夫人は、盲目の夫に、この世にこんなにも清らかな頬の娘がけなげに働いていることを指先で確認させた。娘さんはこの夫婦の希望を受け入れた。旅の中でも、この頬の感触の思い出がご主人にとっては最高のものだったろう。セクハラなどという言葉が入る隙《すき》もない瞬間であった。

「至福の境地」

私の幼い頃は関東大震災の後十数年が経った時期だった。私の母は三万八千人が焼け死んだ被服廠《ひふくしょう》跡に逃げようとして、逃げられなかったために助かった一人だった。しかしその後の生活のどさくさの中で、私の姉であった幼児を肺炎で失った。「震災がなかったらもう少し手を尽くせたように思う」という母の言葉には、少し筋道の通らない部分もあるが、その後に生まれた私には理解できないような、生活の苦労があって、平穏な時なら何とかしてたった一人の娘の生命を救えたかもしれない、という悲しみが残ったのだろう。

しかし、母の震災の実感は私には伝わらない。私の受けた空襲体験も息子や孫に伝わらなくて当然だ。人間には、体験者と同じように鮮明なイマジネーションなど、湧《わ》くわけも定着するわけもないのである。

それに「記憶の風化」が悪い、と言うが、震災を受けた人にとって最も望ましいことは、辛《つら》い思いの傷の痛みを少しでも忘れてくれることではないのか。

震災によって親を失った子供を見て、私はその子がずっと悲劇を忘れないでいてくれることなど望まない。子供が一日も早く過去を忘れてくれ（もちろんその子を愛していた親があったということは周囲の人が繰り返し繰り返し語ってやるべきだが）、現在を健康に受け入れ、眼を未来に向けることこそ願っている。

一般論として、人間に忘れる機能がなかったらどうなるのだろう。自殺者はもっとふえ、精神は後向きになって、社会は恐ろしい停滞を見せるだろう。喉許《のどもと》過ぎればという人間の浅はかさもまた、一つの大切な機能なのだ。

「至福の境地」

8

人は完全な善にも悪にもなれない

人間の魅力は、悪にもあり

考えてみると人間世界は大体よさも悪さも半分半分だ。私は作家としてそれを伝え、一人の人間としてはそのあいまいさをいとおしむことにして来た。半分の悪や半分の狡《ずる》さを残すことを少しも非難する気はなかった。なぜなら、自分が半分狡いと認めている人は、必ず半分の狡くない部分を残している。半分悪いと自覚している人は、必ず半分の輝いた部分を持っている。自分は全部いいという人は、多分全部嘘なのである。

「それぞれの山頂物語」

その言葉に、幾分かの誇張がないと言ったら嘘になる。しかし宇佐美《うさみ》は、そもそも人間のあらゆる言葉が嘘の部分を含むことを信じていた。逆の方向から言えば、総《すべ》ての嘘にも真実の「臭気」がこめられているものだと思い込んでいる。だから自分が信じられないということも自明の理なら、それで絶望的になるほどのことは何もない、と考えるのが人間の慎《つつま》しさというものかとも思って動じないのである。

「テニス・コート」

私は個人生活には秘密はつき物だと思っている。秘密のない人などいるわけがない。

「自分の顔、相手の顔」

人間社会のことは、決して単純ではない。建前と本音があって当然だ。人の言葉には裏もあり、裏の裏もある。裏があるから、人生は補強されるのだ。裏がなかったらすぐ破れるだろう。建前を言うのはいいのだが、本音を自覚しない時もすぐ破れるような気がする。

「それぞれの山頂物語」

人間の魅力は、偏《かたよ》りにもある

考えてみると、人間は誰もが偏《かたよ》っている。偏りのない人というのを私は見たことがないし、仮にいたとしたら、ほとんど魅力を感じないかもしれない。多くの場合、その偏りこそが、その人に、社会にいるべき場所と任務を与えているのである。

「悲しくて明るい場所」

しかし最近、私が一番憧《あこが》れているのは、大きな南瓜《かぼちゃ》を作ることだ。食べるためではない。純粋にただ、大きな南瓜を作るという愚かな意図のためで、さぞかし「おもしろかんべ」という感じである。これも、食える国の甘さというものであろう。

一九九八年、最大の南瓜を作ったのはハーバート・スミスという人で、アメリカ・ニューヨーク州のサラトガで三百四十五キロの南瓜を作り、世界南瓜連合という組織が、その記録を承認した。もちろんこういうお化け南瓜はコンクール会場まで動かすのだって大変だ。小さなクレーンがいるだろう。

栽培には、まず信じがたいほどの量の肥料を入れた地力のある床を準備する必要があろう。お化け南瓜はたいてい姿が歪《ゆが》んで緩《ゆる》んでいる。太り過ぎのお相撲《すもう》さんのお尻《しり》みたいなもので、お世辞にも美的とは言えない。

もちろん実は摘果《てきか》していって最後に一つ残すのだろうが、地べたにくっついている部分から腐りやしないか。どんなクッションを置いたら二、三百キロの自重《じじゅう》に耐えられるのか。厄介《やっかい》な話だ。その上、こんな南瓜、多分食べられやしないのだろう。地球上では飢えている子供も大勢いるというのに、食べずに大きさだけを競う南瓜があるということも考えようによると許せない。

とは思いつつ、もしかして来年お化け南瓜を作ってみたら楽しいだろう、などと毎年思っている。実際にどれだけ大きくなるのかはわからないが、お化け南瓜の種というのは、毎年種屋さんで見かけるのである。

人間は愚かな情熱で生涯を生きる。愚かと知りつつ、愚かさには確実に楽しい面がある。愚かさのない人とはどうも付き合いにくい。

日本には、わびさび人種が、無数にいることを大前提にして、私はわびさび的な陶器を愛することを止めてしまった。誰もそれを支持しないというなら、私がしゃしゃり出ても、好きだ、大切だ、という必要があるかもしれない。しかも日本にはわびさび人の方が絶対多数なのである。そしてまたわびさびに属する作品の方が値段も桁《けた》外れに高い。それで私は心も軽く、不当にないがしろにされている非わびさびの方に肩入れすることにしたのである。

私の感覚では、日本の陶器で、世界的に豪華な舞台で堂々と太刀《たち》打ちできるのは、九谷《くたに》、伊万里《いまり》、鍋島《なべしま》、薩摩《さつま》、清水《きよみず》だけである。というとたいていの人は怒り、私をブベツの目で見る。しかし、一人くらいこういう西洋人並みの趣味の人間がいてもいいと思う。ほとんどの人がわびさびがわかるのだから、一人くらいわからないのがいても一向に構わないのである。

今あげた五つの窯《かま》は、精巧で絢爛《けんらん》としている。技術の結晶である。西洋の陶器の窯が真似《まね》しようとしたのも、すべてこの絢爛豪華な系譜の日本陶器である。そして日本の技術は未だに彼らの技術を遥《はる》かに引き離している。（中略）

幸いなことに私の好きな「精巧絢爛豪華金ぴか」という軽薄な志向は、茶人にそっぽを向かれているおかげで、高価は高価でも、無茶苦茶な値段ではない。私はほんの少し陶器を焼くことを習ったので、この技術がどれほどの、気の遠くなるような精緻《せいち》なものかが、よくわかるのである。

とにかく、世の中には、いろいろな趣味の人がいるからおもしろい。ことに、精巧絢爛豪華金ぴかが、わびさびにばかにされる国にいるということは、私のような俗物にはむしろ願ってもない楽しさなのである。

「悪と不純の楽しさ」

昔、ニューヨークで「ナイン」というミュージカルを見た。私の英語では六十パーセントくらいしかわからなかったような気がするのだが、一人の男を巡《めぐ》る二十人近くの女たちの登場する話だった。私の見た舞台では、その女たちが、皆黒の服装をしていた。つまりさまざまな職業をそれなりに黒で表わしていた。

その中に三人くらいは、八十キロ前後はありそうな太った女優さんが含まれていた。そしてそのミュージカルに惹《ひ》かれて、私が今でも再び見たいと思っている理由は、それが太った歌い手によって表わされるような、充分な厚みを持った人生を再現するのに成功していたからである。当然だろう。私たちがアトランダムに二十人の知人を考えれば、その中に必ず温かい心を持った太った女性も、賢い小男もいるのが普通だからである。

日本のミュージカルには、決して太った人も、大きすぎる人も、人並みはずれた小男もいない。俳優は中肉中背の美男美女という素朴すぎる固定観念が今でもかなり強いから、ともすれば宝塚みたいな絵空事《えそらごと》になる。舞台が絵空事なのはまだいいとしても、実際に生きている男女が、かっこだけで、本も読まなければ人生も考えず、戦火に追われることもなく、日常生活で人に親切に尽くすことなどもほとんどせず自分の好きなことだけして暮らしていれば、ほんとうに薄っぺらな魅力のない人に見えるのは自然である。

人間の魅力は、悪にもあり、偏りにもあり、悲しみにもある。それを日本では親も教師も教えないし、ことに若い女性では現状に満足という人が五割をはるかに超えるそうだから、日本中、心も体も痩せこけた人が増えるわけである。

「ほくそ笑む人々」

相手を理解する知的操作の楽しみかた

悪は人間に連れ添う影のようなものである。影は、多少歪むことはあっても、本体の姿を表す。あるいは悪は人間の本性そのものの一部である。それを研究しないで、人間がわかるわけはない。

「二十一世紀への手紙」

私たち日本人は純粋が好きである。裏を考えたり、不純に期待したり、相手を疑ったりすることを嫌う。

言い訳がましくなるけれど、私も本質的にはそうだった。しかし日本人以外の人たちと接しているうちに、それだけでは相手に失礼になるか、相手を全く理解できないことがわかって来た。その結果、裏を考えたり、不純を期待したり、疑ったりすることが、一種の知的操作として私の楽しみになって来た。

「それぞれの山頂物語」

私の友人が、一人者の心理を教えてくれた。その人は、正月は決して日本にいない。日本にいると、皆が家族だけで固まって仲よくやっていて、一人者を寄せつけないように見えるのがハラ立たしいから、必ず外国に出てしまう、というのだ。

その時私は言ってやった。

「そんなに仲よくしてはいませんよ。年越しの夫婦喧嘩もあるだろうし、息子夫婦にナイガシロにされて怒っている老夫婦もあるでしょうよ。妻が惚《ぼ》けて元旦から粗《そ》相《そう》した下着を洗っている夫もいるかもしれない。皆が幸せで固まっているなんて思うのは錯覚」

人間はしかし誰でも、何かを思い込む。

「それぞれの山頂物語」

「皆、いろんな別れ方をするんですね」

「ほんとうは、幸福になれない理由を人のせいにすることは卑怯なのよ。でも、そう思い込まれたら、それを打ち消すことはできないの。だから、私はそれに従っただけ」

「あなたは、強い方なのか、弱い方なのかわかりません」

「私は強い女よ」

「今あなたが、ご自分は弱い女だっておっしゃったら、強い方だって言うつもりでした」

「何て言ったって同じなのよ。どう言ったって大した違いはないの」

「極北の光」

人はみな、似たりよったり

私たちが人を非難するのは、自分にはその弱みや汚点がない、と思うからである。しかし大体の所、人にあるものは自分にもある。人がすることは自分もする。

（中略）

小説を書くために、自分をできるだけ客観的に見る癖をつけたおかげで、私はあまり人を非難しなくなった。現代は告発がかっこよく思われる時代である。しかし告発する姿勢というのはほんとうは寂しいものである。なぜなら、それは他人と自分を画《かく》することだからだ。人のする（悪い）ことは多分自分もする。人のできる（いい）ことは、もしかすると自分にもできる、と思っている方が、私は心が温かいことを発見したのである。

「悲しくて明るい場所」

人の心には、二種類の方向があるようですね。どちらかと言うと、自分のしたことを常に高く評価し宣伝したくてたまらない人と、ともすれば自分のしたことは、失敗ばかりだと思いがちな人とです。そのどちらも正しくないのだ、とパウロは言われました。

私たちはいい気になる必然はいささかもなく、ノイローゼになる思い上がりもほとんど必要ありません。人間は皆、似たりよったりのものだという、それこそ「連帯感」が、私たちを人間にしてくれるのです。

「聖書の中の友情論」

私の周囲には昔から奇人変人がごろごろしていて、だから私が小説家になったという説と、私がおかしいからおかしな人たちが集まるんだという説と両方がある。

「ほくそ笑む人々」

その作家は、星空に向かって登っている時、幸福でも不幸でもなかった、と言う。それが死の世界への転移を思わせる一つの感覚であった。今、香葉子《かよこ》はそれと似たような空気の流れの中にいた。一生は不幸でもなく、幸福でもなかったような気がした。少なくとも月はそう語っていた。人の生涯というものは、誰でもそんなような程度のものなのであった。

「寂しさの極みの地」

人間味を深く濃くする要素

しかし破壊的な行為がこの世からなくなることは、未来永劫《えいごう》ないだろう。人間は誰もが、自分の好みとは違う人たちの行動に巻き込まれる。それに関《かか》わらせられることが、つまり生きるということなのであった。よいことにも願わしくないことにも、双方に関わることが人間を作って来た。よいことだけでは、恐らく人間の性格は複雑には形成されないのである。

「陸影を見ず」

若《も》し現世に悪の匂《にお》いがなかったら、どんなに世の中は浅薄なものになるだろう、と私は考えている。悪の概念こそ、人間に陰影を与え、人間に責任を取らせ、人間を解き放し、人間を共同の罪の意識で温かく結びつけるのである。すべての文学作品は善と同時に悪がテーマである。オペラが道徳性を要求し出したら、ほとんどすべての作品は抹殺《まっさつ》しなければならない。

「生きるための闘い」

私はどうも厳密、純粋ということが苦手で、いい加減と不純の方が好きなのである。一粒たりとも無機肥料は許さない、殺虫剤も認めない、ということになると、作物は、私たちが要求する程度の値段ではとうてい供給されない。毒も、量が少なければ大丈夫、と私は考えたのである。

それよりもっと私が困ると思うのは、厳密すぎる精神、頑《かたく》なな心、悪と自分とは関係ないとする自信である。

私は適当に少し悪いこともやる人が好きだ。悪いことの量は少ない方がいいに決まっているが、少し悪いことをしたという自覚のある人の方が、自然で、温かくて、人間的にふくよかなような気がする。私は決して悪いことはしません、と宣言できるような厳密な人はおっかなくて、どういう態度で接したらいいのか見当がつかない。

「自分の顔、相手の顔」

今の世界では「悪いこと」が話せない。日本でもアメリカでも韓国でもそうらしい。はっきりしておくが、悪いことをいいことにしようというのではないのだ。そこを混同してはならない。悪いことだが、現実にそういうものがあるという表現さえ口にできなくなる。現実の確認や認識さえ、非難の的になると、人は嘘と知りつつ体裁のいいことだけを言うようになる。

それは社会主義がやって来た方法である。その場合、早く、大きな声で相手を告発した方が勝ちだ。そしてうまくいけば、自分の単純な論理に当惑して沈黙しているテキを、社会から葬《ほうむ》り去ることさえできる。

そのようにして、虚偽的な世界がどんどん広まる。懐疑心がない人は、ますます自分がほんとうにいい人間だと思い込み、懐疑心に満ちた人は部分的に嘘ばかりついていなければならないので、たぶん胃潰瘍になる。ものごとが見えないので健康な人と、ものごとが見えるので病気になっている人だけが増える。

「流行としての世紀末」

この動物と人間の共存の限界を決めるという仕事は、実にむずかしいものである。適当ということがない。動物が木の葉を食べればそれは当然なことで、人間が木の葉を食べれば自然破壊だと言われかねない時代になっているのもおかしいことだと思う。

人間が大切だ、と言うことは簡単だが、人間は存在するだけで、必ず自然を破壊する。水を汚し、空気を汚染し、食物を摂《と》って排泄《はいせつ》をし、現代の生活では電気などのエネルギーを使う。自然のままでは、病気になる。蚊に喰われればマラリアになり、薬がなければ結核も治せない。

すべて折り合いだと私は思う。完全な善も、完全な悪も、この世にはない。

「緑の指」

9 悲しみを分け持つことで、もたらされること

悲しみを持つ人は慰《なぐさ》められる

つまり生きる限り悲しみがあるのが人間の証《あか》し、ということなのです。そこで、この悲しみを持つ人は慰められる、という言葉がでてきます。悲しみを恐《おそ》れることなく確認し、それを深い慎《つつし》みを持って謙虚に、友達にも言える人は慰められる、ということです。

別の言い方をすれば、悲しむことを知らない人——勝気すぎたり、極度の見栄《みえ》っぱりだったりする人——は慰められるチャンスがない、ということです。人は二つのことを同時に取ることはできません。見栄と慰めと、その時、どちらを取るかです。私は迷うことなく、慰めですけれど……。

「聖書の中の友情論」

私たちの親しい友達の間でも笑い話がある。友人の一人が癌《がん》になった。手術の日が近付くと、彼女は都内でも昔から「実物に似ず美人に撮《と》ってくれる」というので有名な写真館へ、告別式用の写真を撮りに行った。

私たち仲間は嘲笑《ちょうしょう》し、十年も生き延《の》びたら、もうその写真は実物と別人のように若くなっていて使えたものではなくなる。そんなむだなことにお金を使うなんてばかだ、と言ったのである。私たちの予測はその通りになった。この人は今でも健康で、決して安くはなかったはずの告別式用の写真はもうおかしくて、使用不可能になっているはずだ。

彼女はその時同時に、身辺の整理を始めた。古い寝巻や下着は思い切って全部棄《す》てることにした。ところがその日に限って、彼女は最近車も磨《みが》いたことがない、ということに気がついた。せめて車を洗って、ワックスをかけてから入院しよう、と彼女は決心した。

いよいよ車を洗い、ワックスをかける段になって、彼女はボロ布が足りないことに気がついた。さっき棄てたシャツと寝巻を拾ってくれば、あれで充分車が磨ける。そのボロ布は、また洗ってとって置けば、また何かの時に使える。

私たちはこの話のいじましさに笑い転げた。笑うということは同感を意味し、自分が同じ行動をするという暗黙の承認を示していた。

「最高に笑える人生」

「嫌らしい言い方だとお思いになるでしょうけど、こないだ、ふと二人が結婚した後のことを考えましたわ。世間の人はあなたをいい旦那《だんな》様だと言うの、そして私もそれを認めずにはいられないの。ですけど、どんなに認めて感謝していても、私はひょっとすると誰か他の人を好きになるような気がしたんです」

「どんな人を？」

「あなたよりずっと不誠実な人間だっていうことが、私にも他人にもよくわかっていながら、ほんの一寸《ちよつと》した小さい事で、私を慰《なぐさ》めてくれるような人」

「黎明」

「女学生さん、お願いです、連れて行って下さい」

ツル子は自分の父親のような年の相手の顔をじっと見つめた。

「私には二人の子供がいるんです。太郎と次郎といいます。二人のために、私はどうしてももう一度元気になって働かねばならんのです」

ツル子は痴呆《ちほう》のように考えていた。両脚《あし》のない人がもう一度元気になって働くんだって？　けれどツル子は病人を優しく労《いたわ》らねばならぬことに少しも疑いを持っていなかったので、彼女は金城《きんじょう》の手をとって約束した。

「今は薬を運ばなきゃならないんです。でもすぐ戻って来ますからね」

その一言が長い間、ツル子を苦しめた。しかしそれはその時は嘘ではなかったのだ。四十代の父と十代の娘は、運命に挑戦して、一瞬の希望の虹《にじ》の橋をかけたのだ。虹はいつか消えるが、それがこの世に於《お》いて、全くの何の意味もなかったとは考えられない。


「生贄の島」

お互いに、相手の苦しみを背負う

その人が元気で運命が盛大である時には近づかないでいい、と私は思っている。しかし病気になったり、運命が傾《かたむ》いたり、一人になってしまった時には、「介入」もいいことがある。その人を癒《いや》す最大のものは、時間と、その人の勇気なのだが、それに他人がちょっと手を貸すのも悪くないのである。

「それぞれの山頂物語」

少し古めかしい譬喩《ひゆ》になるが、昔から文学の一つのジャンルだったのは、娼婦に惚《ほ》れた男の話であった。好きになった女が、娼婦だったと知らないのでは三文《さんもん》小説にしかならない。知っていて受け入れる時に、それは本物の文学になったのである。道徳的に彼女の過去を是認するのではないが、それを承知で人間として受け入れる時に文学は人間に到達した。

「安逸と危険の魅力」

「お互いに相手の愚かさは背負って行かなきゃいけない。背負い切れないと思う時もあるけどね。こっちがそう思う時は、たぶん相手も同じことを悩んでるんだ（後略）」

「夢に殉ず（下）」

友情の基本形は、そのような惻隠《そくいん》の情であろうと思われます。惻隠の情というのは、いささか古い言葉ですが、英語でいうとシンパシイということになりましょうか。シンパシイというのは同情、共感、哀れみ、などと共に、好意、物理的な共鳴、などという意味もあるようです。

どの言葉も、豊かで温かいものですね。というかそれがなければ、人間として豊かな社会生活の味はわからない、という手のものです。人間の運命などというものは儚《はかな》いもので、今日健康な私も、明日はどうなるかわからないのですし、今日物理的に豊かに暮らしている人も、明日同じような生活ができるという保証はどこにもありません。よくも悪くも運命は、その人の努力とさえも一致せず、回り持ちという感じさえすることがあります。ですから、他人に対して惻隠の情を持つということは、明日の自分の運命に対して、充分なイマジネーションを持ち得るということでもあるのでしょう。

もっとはっきり言えば、もし自分に決して訪れない運命だということがはっきりしているなら、平凡な人間は他人に優しくしないかもしれません。自分もそうなるかもしれない、としみじみ思った時、助けようと思うのです。それは、苦しい時、自分も助けてほしい、という素朴《そぼく》な願いがはっきりしているからですし、或《ある》いは既《すで》に苦しい時に助けられた記憶があるからかもしれません。

「聖書の中の友情論」

自分が担《にな》うべき「役割」を知る

夫と離婚した時、麦倉《むぎくら》さと子は妊娠していた。けっこうなことだ、と彼女は感じていた。勿論《もちろん》、一言で言ってしまえば、のことである。せっかく結婚していたのだから、せめて子供でも生まないと何もあとに残らない、とさと子は考えたのである。その気持は私にもわかるけれど、このような論理がどの女の場合にも通用する、とは決して思えない。さと子が離婚する頃、さと子の実家の父が死んだのである。さと子の母はまだ五十八歳くらいであった。さと子の兄は既に結婚して別に世帯を持っていたので、さと子は大威張《いば》りで、子供を連れて実家に戻れたのである。

母親は父の死後、淋しくなった家の中で、孫のお守に、全神経を集中する。

「安くて、安心して預けておけるものね、母なら。その点はうまく行ったのよ」

さと子の母も、かなり自由な気分を持っていた人だったのであろう。娘が将来のはっきりしない婿《むこ》にいいいためつけられているよりは、孫を連れてさっさと帰って来てくれるほうが、どれだけましか知れないと考えたのである。これも勿論、さと子に男並みの経済力があるからこそできる考え方だが、いずれにせよ、さと子は、自分にふりかかった変化を、最大限に明るく受けとめたように見えた。

「私はね、もう女であることをやめたのよ。うちでも、ご主人さまみたいな顔してるの。母がね、今日もお茶漬《づ》けで済ませておこう、なんて言うから先刻もうんと反対してやったところなんだ。どこの家だって、旦那さんがいれば、お茶漬けで済まそうとはなかなか言わないわよね。私、父親なしで、子供を育てることのいやさは、たった一つその点だった。つまり家長がいないと、家の中が何となくだらしなくなるってことね。それで私、今、わざとすごく横暴なの」

「至福　現代小人伝」

「王はマルタケさまに一番甘えておいでです」
「私は王の看護人として傍《そば》にいるようになっているのでしょうね」
「一番苦しい時に必ず傍にいてくれる人が、人間にとっては一番大切なのです。苦しくない時には誰でも周りを取り巻いているものです。しかし苦しむ人は、普通は棄てられます」
「それはそうね。私は昔からそういう運命なのかもしれないわ」

「狂王ヘロデ」

しかし、およそ皮肉《ひにく》な人生というものは、すべて第一に計画したことからかなえられないものかもしれなかった。三年が過ぎても、夫婦には子供ができなかった。晴彦《はるひこ》は何となく、原因は洋子《ようこ》にあるような気がしていたが、或る時、知り合いになった医者に勧《すす》められて検査を受けると、原因はほぼ百パーセント、自分にあることがわかった。

それから時々、夫婦は深刻な会話を交《か》わした。貰《もら》い子をすることから、他人の精子をもらう人工受精まで、可能性のありそうなことはすべて話題に出た。しかしそういう不自然なことは嫌だと言ったのは洋子の方だった。

「何だかわからないけど、私たちが嫌でもそうさせられてる通りに生きているのが一番いいと思うの」

晴彦は、その妻の言葉の中に、深い知恵を感じた。いいと言ったって悪いと言ったって、実はそれ以外の生き方を人間はできるはずがないのであった。

晴彦はそれ以来、受け身の生き方がうまくなったような気がした。

「アレキサンドリア」

アキャブはおっとりと黙《だま》って頷《うなず》いていた。賛同でもなく、反対でもない。ただ王に喋《しゃべ》らせるだけが、彼の任務と心得ているように見える。

「狂王ヘロデ」

人が人を大切に扱《あつか》うとき

人間というものは、自分が与えられた時喜ぶだけでなく、ほかの人にも与えると嬉しいのだ。普通の物質だと、与えると自分の持ち分が減《へ》ってマイナスになる計算だが、愛だけは与えても少しも減らないだけでなく、むしろプラスの実感を残す。奇妙な算数が成立する世界があるのだ。

「安逸と危険の魅力」

患者を癒《いや》すということは、手術をしたり、薬を与えたりすることだけではないのだ。むしろ話し相手になり、その人と一定の時間を共有することである。というか、医師が自分の時間をその患者に捧《ささ》げることだ。

人間を死から救うという意味を表すギリシャ語を、二つ教えてもらったことがある。

一つは「ソーゾー」という言葉で、死から救う、生かす、保つ、見守る、心に留《と》める、記憶する、というような意味がある。

もう一つの言葉は「セラペウオー」でこれは、セラピイの元になる言葉である。この言葉には、治療する、癒す、仕《つか》える、というような意味がある。

だから病気を治す、ということは、徹底して人間的な行為なのだ。まず相手をしっかりと心に留める。その人の苦痛や症状を見守り、記憶する。病人はもしかするとわがままを言う。しかし癒す人はその患者に、いばって命じたり、上からたしなめたりするのではなく、むしろ仕えるのだという解釈である。

人間が人間を大切に扱《あつか》う時、病人は治るとギリシャ人は考えたのである。

「それぞれの山頂物語」

友情の初めは、その人のことを、深く心にかけることから始まります。その人が言わなくても心を察し、顔色や態度から健康かどうかに留意することです。私たちは目立つ人には注意を払い易《やす》いのです。大統領の行列には、誰もが注意を払いますが、行列を見ようとして集まっている群衆の中にいる、おしつぶされそうな老婆《ろうば》の存在には、気もつきません。

しかし私たちの友情の出発は、その人が大切だ、と思う認識から始まります。その人に、社会的地位があるかどうか、富を持っているかどうか、というようなことは問題になりません。

「聖書の中の友情論」

しかし今度の旅行でも、私はすべての方の後ろ姿に、そっとお辞儀をしたい思いでいました。何の因縁《いんねん》もなく、理由もなく、義務もなく、特別の報酬もないのに、親身になって、疲労ものともせず、優しく面倒を見てくださったのです。何となく、連携がうまく行っていて、誰がどんなお世話をしたなどと、宣伝する人もないのに、そのことをそれとなく知った人たちが、皆、感謝と尊敬を覚えていました。そういう空気というのは、これ以上ないほど上等なものだったと思います。

「湯布院の月」

立ち入ってはならない「心の領域」を推《お》し量《はか》る

倫理などというものは、他人に要求する筋合いのものではありません。倫理を望むのは、その人にごく近い人たち——親子、恋人、妻子、兄弟、師弟くらいのものです。これらの人たちなら、よく事情を知っていますから、諫《いさ》めたり励ましたりもできるでしょうが、それ以外の人々は、本来、立ち入ることのできない心の領域なのです。

「聖書の中の友情論」

どんな宗教に対しても、我々はそれを信じている人の心を傷つけないようにふるまうべきなのである。妥協したからと言ってそれで我々が心底から変わるわけでもない。心の聖域というものは、持とうと思えばいくらでも侵《おか》されずに持てるのである。

「二十一世紀への手紙」

ヘロデ王が、私の弾《ひ》く竪琴《たてごと》を聴きたがる頻度と、その心の中に吹《ふ》き荒《あ》れる凶暴な不安の嵐の大きさとの間には、もしかすると密接な関係があるのではないか、と感じるようになったのは、私がヘロデ王の宮殿に連れて来られて一年もしないうちである。

ヘロデ王は自分一人の時は、大きな声で怒《ど》鳴《な》ったり、長々と独《ひと》り言を呟《つぶや》いたりする。王の独り言は独特のものだった。私が耳が聞えないという思い込みが気楽にさせるのか、一切の感情の自制なく自問自答したり、急に怒り狂って罵倒《ばとう》したり、気弱く言い訳をしたり、笑ったり、極《ご》く稀《まれ》にではあるが泣いたりすることもある。

そうした一人だけの世界が延々と、欄間《らんま》の篝火《かがりび》や、火皿の油が燃え尽《つ》きるまで続くのである。その間、私は耳の聞えないふりを装《よそお》って、すべてを聞きながら無感動に竪琴を弾き続ける。

「狂王ヘロデ」

「僕は昔、世間で暮してた時、本当は心衰《おとろ》えてくる癖に、心衰えてることを承認しない連中とばっかり暮してた訳ですわ。もっと正確に言うと心衰えてるということを言うのさえ、連中は怖《こわ》いんだね」

「私、代弁するわけじゃありませんけど、心が衰えてる時には、そう言えなくなるんです。それが心衰えてる証拠なんだと思います。ですから多分、今、私は心衰えていないんですわ」

「テニス・コート」

「お母さん、今日、私、大嘘つき女に会ったよ！」

光子は興奮して一部始終を話した。

「間違いないよ。スーツも同じ、火傷《やけど》も同じ。スカーフはなかったけど、あれは、先生の奥さんだったんだよ」

「それがどうしたのよ」

お母さんは光子の手を穏やかにふりほどきながら言った。

「あんたはそれを先生に言いつけに行くつもりなの？」

「だってあの人は悪いことしてるんだよ。教えてあげたって当然じゃないか」

「正義ぶっていいやな子だね」

お母さんがそういう口調で光子を面とむかって詰《なじ》ったのは初めてだった。

「あんたは悪いことを摘発するような顔をして、先生を不幸にするつもりなの？　それで先生ご夫婦の生活に溝《みぞ》を作って、もし離婚にでもなったら、その赤ちゃんから、お父さんかお母さんを奪うことになってても平気なの？　先生ご夫妻の間に何があろうと、余所者《よそもの》が口を出すこっちゃない。ほっときなさい。これはお母さんの命令だからね」

「だってそれじゃあんまりひどいじゃないか。先生は裏切られてるんだよ。それにあの人は、あの時だけじゃなくて、ずっとああいうことをやってるんだよ」

突然光子は大声で泣いた。

「光子は森先生が好きなのか、嫌いなのか？」

お母さんは穏やかな口調で聞いた。

「嫌いなの？　先生が不幸になることを望んでるんだったら、すぐ告《つ》げ口に行っておいで……。でも先生が好きだったら、そんなことは、あんたの胸の中に一生留めておきなさい。誰にも言わずに、一生よ。もうそれくらいのことはできる年でしょうが」

光子は自分の部屋に走りこんだ。暗い動物のねぐらを思わせる空間だったが、そこにうずくまることで、いつも光子は心の傷を癒《いや》して来たのでもあった。

「一生言わないよ」

光子は泣きながら誓った。

「一生誰にも言わないよ」

それが先生を好きだということの証《あかし》になるなら、光子はそうするより他に、選ぶ道はないと感じていたのであった。

「極北の光」

人のおかげで生きているという自覚を持つ

笑うということは偉大なことだ。人はどういう時に笑うかというと、自分の姿を鏡に映《うつ》し出されたような真実を告げられた時に、思わず笑うのだから奇妙なものである。真実をじっくりと見る時、人は自分だけでなく、世間にも同じようないびつな人生があることを知って気が楽になり、解放された気分になる。自分一人が不幸なのだ、と思い込むことがなくて、自分も皆の中の一人だと思えるのである。

「至福の境地」

まだ若い頃、私が尊敬を覚えた人の一人に遠隔操縦の芝刈機を発明した人というのがいた。彼がほんとうに芝刈機の発明者だったのかどうか、私の記憶では定かではないのだが、少なくとも、自分は寝椅子に座ったまま芝刈りができないものか、と考えた怠け者がどこかにいなかったら、こういう発明はできなかっただろう。世の中では、勤勉な人が大切なのは言うまでもないが、同じくらい、辛い思いをして働かずに済む方法はないか、と考える怠惰《たいだ》な性格もまた何かを生むのである。

だから、私たちは誰の存在も頭から否定してはいけない。もちろん誰でも好みというものはあるから、仲のいい人と気の合わない人とはあるだろう。しかし、頭から否定することはない。自分と反対の立場に立つ人によって、私たちは生かされていることも多いからである。

「地球の片隅の物語」

最近、私の周辺にも不気味《ぶきみ》な人たちがいる。その人の責任ではない、という言い方もできるが、その親たちや社会が、教育をしくじったのである。そういう子供たちは、いやなことに耐えるという教育を受けなかったので、精神が強靭《きょうじん》にならなかったし、何歳になっても大人にならないのである。自己中心的で、人を許したり労《いたわ》ったり心にかけたり、とにかく自分以外の他人の存在に、深く思いをいたすことがほとんどできない。自分に害が及《およ》ばなければ、すべてひとごと、つまり無関心なのである。

そのように子供じみたまま大人になった人たちの多くは、身内が病気で苦しんだことも、経済的な苦労をしたこともない。家族が犯罪を犯して自分がいわれのない負い目を負ったことも、地震で総てを失ったことも、倒産を味わったこともない。せめて、停電とか、食料品の不足でもあれば、そこでいささかの基本的な苦悩もわかる人間になるのだが、それさえないのだから、幼児性はそのまま残ってしまう。

慈悲ということは、概念的に、他者がれっきとして「存在」することから始まる。しかし他者が意識の中にほとんどないという薄気味悪い人は、人を殺すことも、見捨てることも、忘れることも何でも簡単にできる。

特に彼らの特徴は、感謝と祝福を知らないことである。自分とせいぜいで家族しか意識の中にないのだから、自分が人のおかげで生きているという自覚も、人が幸福になるとよかった、という感情の連鎖反応もない。

しかし私が最も感動したのは、北アフリカのモロッコやチュニジアの、砂漠の縁辺のオアシスの村で見た菜園であった。

今やオアシスでは、水を完全に管理して、暗渠《あんきょ》で水を分けているところが多い。貴重な水の蒸発を防ぐためと、厳密に村民でその水利を管理するためだろう。そういうオアシス農業では、耕地内にまずナツメヤシを植える。その下にできる木蔭に、イチジクやザクロなどを植える。するとその下にはさらに濃い日蔭ができる。この日蔭にようやく豆やレタスなどの蔬菜《そさい》を植えるのである。日本では、蜜柑《みかん》畑には蜜柑だけ、キャベツ畑にはキャベツだけしか植えられていない。しかし陽射しの強い、暑い国ではそんなことはできない。背の高い、日光に強い椰子《やし》の下で少し陽射しが弱められてから、果物の木が植えられ、その下で一番暑さに弱い蔬菜が強い陽射しから守られて育てられることになる。

私は深く感動した。

それはまるで、困難な暮しの中でも、助け合って生きている家族を見るようだった。一番背の高いお父さんが椰子の木。その次に背の高いお兄さんが果樹。そしてお父さんとお兄さんは、共に一番小さい弟の野菜を、その枝の下で守っている……。

一家は寄りそって暮らす。子供は子供部屋で、というわけには行かない。家族全員でないと、生きることができない。

「緑の指」

10

感謝する才能、人を尊敬する才能を失わないために

何ごとも楽しんでやれる精神

人は何かを相手のためにすることがもしあるとすれば、道楽か酔狂でするのがいいのである。そしてそれをした理由は、道楽か酔狂以上のものではなかったということを、しかと自分で自覚しているのがいい。

「生きるための闘い」

私がそんなことを言うと、友達は皆笑うでしょうが、私は最後に優しい人になって死にたいと思います。なぜかと言うと、皆、私に優しかったからです。「からたちの花」の歌詞みたいですが、それはほんとうです。でも私が優しい人になったら、みんな薄キミ悪がって落ちつかなくなるでしょうから、当分はやめておくことにしましょうか。

「湯布院の月」

人間の才能の一つに、いやだと思うことを道楽にしてしまうという方法がある。重い荷物を背負って長い道のりを歩くという仕事は、本来は悲惨な労働の範疇《はんちゅう》にあった。奴隷もそういう仕事をさせられたし、山の荷担《にかつ》ぎ人もそうであった。しかも昔は、重い荷物を簡単に運ぶ方法もなかった。馬車に積《つ》んだり、筏《いかだ》に載せたり、象を使ったりしても、なお細部では人間の力で持ち上げなければならなかった。

しかし人間は、奴隷がさせられたような仕事をもまた、楽しみの種にするという才能を持っていた。登山とマラソンはその一つの典型である。今どき、自動車もトラックもケーブルカーもフォークリフトも、何でも使える時代に、何を好んで、重いものを担《かつ》いで長い道を歩いて山に登ったり、飛脚さながらに長い道程を走ったりする必要があろう。しかし人間は、辛い義務を、楽しい課題として変えることを知っていたのである。

何ごとも、楽しんでやれる人はすばらしい。家事もやってみれば楽しくおもしろい、と思える人もいる。不幸さえも、それを解決することを一つの目標というふうに受け止め、それを生の手応《てごた》えとして受け止められる人もいる。その手の人がほんとうの生活の達人であり、生きた芸術家なのである。

「二十一世紀への手紙」

他人を「先生」だと思えば無限にいいことを教われる

先日私の知人の七十代の人と久しぶりに会った。「お元気でした?」と聞いたら、少し浮かない表情で、つい二週間ほど前、急に電灯を暗く感じるようになった。眼科に行って見て貰うと、眼底出血があったと言われた、と言う。

今から十七年ほど前、私は白内障《はくないしょう》の手術で入院した。強度近視の白内障は、普通の白内障と較べて少し始末が悪いという話で、私は入院したのだが、その時、賢い看護婦さんと知り合いになっていろいろとすばらしい知識を教わった。眼底出血をした後、普通に仰向《あおむ》けに寝ていると、眼球の真後ろの黄斑部《おうはんぶ》という視神経の集まった所に、物理的に出血が溜まることになる。すると視神経の上に血の色素が残って視力を妨《さまた》げる。だから眼底出血の後は何日間かは、決してまっ平らの仰向けに寝ないで、飛行機の座席で夜を過ごすようなつもりで、少し縦になるように寝るべきだ、というのである。そうすれば、血は眼球の下の方に溜まるが、そこには視神経がほとんどないから、視力に影響しない。時間はかかるが自然に吸収して治癒することになる。

こういう基本的に大切なことを、眼科が注意しないというのは、どういうことだろう。素人園芸用の種の袋には、「ソラマメの茎の先っぽを切ると、アブラムシがかなり防げます」と書いてもいいのではないだろうか。皆割りと職業に不熱心なんだなあ、と思う。

とにかく生きていていつも他人を先生だと思っていると、無限にいいことを教わる。

「緑の指」

私たち人間はすべて生かされて生きている。

誰があなた達に、炊《た》き立てのご飯を食べられるようにしてくれたか。誰があなた達に冷えたビールを飲める体制を作ってくれたか。そして何よりも、誰が安らかな眠りや、週末の旅行を可能なものにしてくれたか。私たちは誰もが、そのことに感謝を忘れないことだ。

「哀しさ優しさ香しさ」

素人が現政権の批判をするということほど、気楽な楽しいことはない。総理の悪口を言うということは、最も安全に自分をいい気分にさせる方法である。なぜなら、時の総理が、自分の悪口を言った相手をぶん殴《なぐ》りに来たり、名誉毀損《めいよきそん》で訴えたりするということはほとんどないのだから、つまりこれは全く安全な喧嘩の売り方なのである。これが相手がやくざさんだったら、とてもそうはいかないだろう。しかも相手もあろうに、総理の悪口を言えるのだから、自分も対等に偉くなったような錯覚さえ抱くことができる。

ということを知っているので、私はこれでも今まで政治家の悪口などできるだけ言わないようにして来たつもりである。ワルクチを言うなら、少しでも個人的に報復する手段を持っている相手のワルクチを言う方がフェアーだと思っているからである。

第一、閣僚も政治家も、例外なく、私より勤勉である。朝から晩まで人に会い続けて草臥《くたび》れないなどというのは、明らかに一つの才能で、しかも、私にはその片鱗《へんりん》もない才能である。自分にない才能の持主に対しては、それがスリの技術であれ、私は尊敬を覚える。スリの技術と、その技術を自分の利益のために行使することとは別だから、私はスリの技術には感心していいのである。

「悪と不純の楽しさ」

物質的なことばかりではない。私は意識的に、私に悪意を持った人とあまり関わりをもったことさえなかった。私のまわりの人たちは、皆良識と道徳を身につけていた。それは清潔のように快いものであった。私を嫌った人はいただろうけれど、私はその人たちからそれとなく遠ざかることでそれ以上の非礼を犯さなくて済んだし、私の方としては、その人たちにも多くの場合憎しみを持たなかっただけでなく、尊敬も感謝もすることができた。何よりたくさんの友達は私と一生遊んでくれた。教えもしてくれた。このような生涯を豪華といわないでどうするのだろう。

「悲しくて明るい場所」

泣くことがあるから心が乾かない

手術後、意識のある病人にとっては、あの無機的な集中治療室で過ごす、という拷問《ごうもん》のような数日があることを医学界は改変しようともしないが、私は神父に、「集中治療室には、何日いらっしゃるのですか。それがお辛《つら》いでしょうね。覚悟していらしてくださいね」などと、これも余計なことを言ってしまった。

すると、

「もう何度も手術の体験があるから、わかっていますよ。ちょうどクリスマスの前だから、イエスさまがどんな生涯を送られたか、黙想するのにちょうどいい時間でしょう」と笑っておられる。

病人でもすることがある、というのはすばらしいことだ。することがあれば、病気中でも、日常性が保たれるのである。

しかし何より輝いているのは、願わしくない状況の中でも、感謝すべきことを見つけられるという才能であり、謙虚さなのである。

「安逸と危険の魅力」

夫と私は、くだらないことで人生を笑い楽しんできた。偉大な人やことがらに感動できるのも一つの才能だが、くだらないことを楽しめるのも、やはり才能だと思うことにしよう、と決めていたのである。

「至福の境地」

働く場所がない国は世界中にいくらでもある。いくら人に勤労意欲があっても、働く口がなくてはどうにもならない。そういう国家的、社会的体制に、国民を組み込んでいる国から比べたら日本はどんなに幸せなことか。

しかし、それにしても、あの教会は、たった一時間の間に、実に多くのことを考えさせてくれた。立派なお説教の内容からも、そうでないことからも、幸福なことからも、不幸なことからも、私が考えるように仕向けてくれた。

しかし日本には、その散文的な厚みさえない。して悪いことがないのだから、罪も涙もない。だから人は皆乾いている。乾いて権利を主張するとよけい心はぼろぼろだ。

でも幸いに、私には泣くことがあるから、心が乾かない。私に泣くことを与えてくれた人やことがらに、深く感謝をしなければならないのである。

「最高に笑える人生」

「今日、生きている」のは、偶然の結果である

私は墓というものを見るのが好きで、どこへ行っても墓地を歩きたがるのだが、夫は墓地が嫌いだから、少し遠慮しなければならない。しかし私にすれば、墓碑銘《ぼひめい》を読むことは、優しくてしかも厳粛《げんしゆく》な気持ちになれるし、行きずりの私が一人の見知らぬ人の生涯に思いをはせることになるその不思議な縁をえがたいものに思うのである。

「地球の片隅の物語」

改めて言うこともない、私たちが今日生きているのは、ほとんどが偶然の結果である。

「最高に笑える人生」

先に述べたように、悪いことが起きると私たちはただちにその理由を何らかの人や制度のせいにして犯人探しを始める。しかし何でもなくて済んでいることや良かったことについては、あまりその理由を考えない。頭の皮を剝《は》がれた男は、自分の力で頭蓋骨《ずがいこつ》が割られるのを防いで、皮だけで済むようにしたわけではないのである。私たちが今日まで普通の生活をして来たのは、自分の力ではなく奇跡だった、とはあまり考えないのである。

「生きるための闘い」

今はまた別の計算をする。私が生きている間に、私は今植えた木が成熟するのを見られるだろうか、という思いである。何度も言うことだが、小説や手芸は、急いで徹夜をすれば早くできる。しかし植物だけは、決して急がせても早く大きくなるというわけにはいかない。しかし誰がその土地に住もうと、私は木を植えておこう、というのが当時の私の密かな心の支えであった。後に来る人は、誰がどんな思いでその木を植えたかなど、全く知りはしない。しかしそれでいいのであった。育てる、ということは本能であった。

私は幸運にも、蜜柑に実がなるのを見られた。それは平凡なことではなく、偉大なことのように思えるから不思議である。

「緑の指」

「感謝する」のは誰のためでもない、自分自身のため

「一つ、あんたに聞きたいことがあるんだ」

「何ですか？」

「俺にはもう時間がないんだ」

川上は秋山《あきやま》の顔を見ているだけで、それを否定も肯定もしなかった。

「もう、俺は何もできない。体もきかないし、気力もない。でも、死ぬまでに何かすること、あるかな」

（中略）

「死ぬまでに、二つのことができればいいんだよ」

川上は秋山の手を握ったまま、のんびりと、明日の仕事の予定でも話すような口調で言った。

「一つは、感謝すること。一つは、許してください、と心の中で謝ること……」

「どっちか一つしか、時間が、なかったら？」

「時間はまだ充分あるよ。その一つくらい、今日中にもできるじゃないか」

「でも、もし、ほんとに、一つしかする時間が、なかったら？」

「感謝することさ。それ一つだけできても、大成功だよ。だから、二つできたら、大大成功さ。その二つができないで死ぬ人、たくさんいるんだよ」

病室の外には暗闇が迫っていた。（中略）

「俺が、感謝してた、なんて、知ったら……川上さん、それは、いけないんだ。おれは、憎まれたまま、死んだ方が、後腐《あとくさ》れがなくて、いいんだ」

「じゃ黙って感謝して死ねばいいじゃないか。ありがとうも、ごめんなさいも、伝えることはないよ。心の問題だから」

「それで、いいのかな。それじゃ、相手がわからないじゃないか」

「わからなくてもいいんだよ。感謝することは、相手を喜ばすためじゃない。秋山さん自身のためなんだよ」


「極北の光」

いつも春のその頃、私は畑の整理をするのである。球根や根の枯《か》れているのがあって、それらが畑の邪魔をしているので、探し出して捨てるのである。整理が必要なのは、引出しや箪笥《たんす》だけではない。天然の原生林は、人の手をわざと入れないのだが、その場合は「自然が自然と」(これは少しおかしな表現だが)自分で整理をする。死んだ球根や根は腐《くさ》って土にかえり生き残ったものの肥料になる。

しかし狭い畑ではそんな呑気《のんき》なことも言っていられない。ほっておけば、荒れ果てて見えるから、人為的に年老いたもの、古びたものを取り除く。そして若い球根を植え、新しい種を蒔《ま》き、幼い苗木を移植する。

そうした作業をしながら、私はしみじみと、この運命は草花だけではない、と思う。もちろん命あるものは、できるだけ生きようとする。周囲も助けようとするし、植物自身も工夫をこらして、少ない水や、熱い太陽に耐《た》えようとする。しかしいつかは若い命に譲《ゆず》るという運命は避けようがないのだ。

人間も同じなのだ。この草木の生死の姿を見ていると、人間も同じでなければならない、と思う。人の死だけがどうして悲惨で悲しまねばならないことがあろう。殊に私たち日本人のように、充分に食べさせてもらい、教育を受け、社会と国家の保護を受け、世界的な長寿の恩恵を受けた後では、生を終えることを、少しも悼《いた》んではならない。

植物は無言だけれど、現世で生きる姿を、私はいつも植物から教えられて来たのである。

「緑の指」

出典著作一覧（五〇音順）

【小説・フィクション】

アレキサンドリア（文藝春秋）
生贄の島（文春文庫）
飼猫ボタ子の生活と意見（河出書房新社）
狂王ヘロデ（集英社）
極北の光（新潮社）
寂しさの極みの地（中央公論新社）
「父よ、岡の上の星よ」（河出書房新社）
テニス・コート（文春文庫）
二十三階の夜（河出書房新社）
ブリューゲルの家族（光文社）
燃えさかる薪（中公文庫）
夢に殉ず（上）（朝日新聞社）
夢に殉ず（下）（朝日新聞社）
陸影を見ず（文藝春秋）
黎明（徳間文庫）

【エッセイ・ノンフィクション】

悪と不純の楽しさ（PHP文庫）
安逸と危険の魅力（講談社）
生きるための闘い（小学館）
悲しくて明るい場所（光文社文庫）
哀しさ優しさ香しさ（海竜社）
現代に生きる聖書（NHK出版）
最高に笑える人生（新潮社）
至福　現代小人伝（徳間文庫）
至福の境地（講談社）
自分の顔、相手の顔（講談社）
聖書の中の友情論（新潮文庫）
それぞれの山頂物語（講談社）
狸の幸福（新潮文庫）
近ごろ好きな言葉（新潮社）
地球の片隅の物語（PHP研究所）
二十一世紀への手紙（集英社文庫）
ほくそ笑む人々（小学館）

緑の指（PHPエル新書）
湯布院の月（坂谷豊光神父との往復書簡／毎日新聞社）
流行としての世紀末（小学館）
私日記1　運命は均される（海竜社）
私日記2　現し世の深い音（海竜社）

（本書は、二〇〇三年五月、小社より単行本『ないものを数えず、あるものを数えて生きていく』として発行された作品を文庫化したものです）

一〇〇字書評

切り取り線

購買動機（新聞、雑誌名を記入するか、あるいは○をつけてください）	
□ （　　　　　　　　　　）の広告を見て	
□ （　　　　　　　　　　）の書評を見て	
□ 知人のすすめで	□ タイトルに惹かれて
□ カバーがよかったから	□ 内容が面白そうだから
□ 好きな作家だから	□ 好きな分野の本だから

●最近、最も感銘を受けた作品名をお書きください

●あなたのお好きな作家名をお書きください

●その他、ご要望がありましたらお書きください

住所	〒				
氏名		職業		年齢	
新刊情報等のパソコンメール配信を 希望する・しない	Eメール	※携帯には配信できません			

あなたにお願い

この本の感想を、編集部までお寄せいただけたらありがたく存じます。今後の企画の参考にさせていただきます。Eメールでも結構です。

いただいた「一〇〇字書評」は、新聞・雑誌等に紹介させていただくことがあります。その場合はお礼として特製図書カードを差し上げます。

前ページの原稿用紙に書評をお書きの上、切り取り、左記までお送り下さい。宛先の住所は不要です。

なお、ご記入いただいたお名前、ご住所等は、書評紹介の事前了解、謝礼のお届けのためだけに利用し、そのほかの目的のために利用することはありません。

〒一〇一-八七〇一
祥伝社黄金文庫編集長　吉田浩行
☎〇三（三二六五）二〇八四
ohgon@shodensha.co.jp

祥伝社ホームページの「ブックレビュー」からも、書けるようになりました。
http://www.shodensha.co.jp/bookreview/

祥伝社黄金文庫

祥伝社黄金文庫　創刊のことば

「小さくとも輝く知性」――祥伝社黄金文庫はいつの時代にあっても、きらりと光る個性を主張していきます。

真に人間的な価値とは何か、を求めるノン・ブックシリーズの子どもとしてスタートした祥伝社文庫ノンフィクションは、創刊15年を機に、祥伝社黄金文庫として新たな出発をいたします。「豊かで深い知恵と勇気」「大いなる人生の楽しみ」を追求するのが新シリーズの目的です。小さい身なりでも堂々と前進していきます。

黄金文庫をご愛読いただき、ご意見ご希望を編集部までお寄せくださいますよう、お願いいたします。

平成12年（2000年）2月1日　　祥伝社黄金文庫　編集部

幸福録《こうふくろく》　ないものを数《かぞ》えず、あるものを数えて生《い》きていく

平成20年9月10日　初版第1刷発行
平成22年1月25日　　　第2刷発行

著者　曽《そ》野《の》綾《あや》子《こ》

発行者　竹内和芳

発行所　祥《しょう》伝《でん》社《しゃ》
東京都千代田区神田神保町3-6-5
九段尚学ビル　〒101-8701
☎03（3265）2081（販売部）
☎03（3265）2084（編集部）
☎03（3265）3622（業務部）

印刷所　萩原印刷

製本所　ナショナル製本

造本には十分注意しておりますが、万一、落丁、乱丁などの不良品がありましたら、「業務部」あてにお送り下さい。送料小社負担にてお取り替えいたします。

ISBN978-4-396-31463-7　C0195

祥伝社のホームページ・http://www.shodensha.co.jp/